마르그리트 뒤라스의 글

Écrire

ÉCRIRE

by Marguerite Duras

마르그리트 뒤라스
윤진 옮김

마르그리트 뒤라스의 글

Écrire

일러두기

1 인·지명은 대체로 외래어 표기법을 따랐으나 몇몇 예외를 두었다.

2 본문의 각주는 모두 옮긴이 주다.

들어가는 말

보빌(Vauville)[1] 사건, 나는 그 사건에 '젊은 영국인 조종사의 죽음'이라는 제목을 붙였다. 브누아 자코(Benoît Jacquot)가 트루빌(Trouville)[2]에 찾아왔을 때 내가 처음 이야기를 들려주었다. 스무 살의 젊은 조종사의 죽음에 대해 이야기하는 나의 모습을 찍어 영화로 만들자는 것은 브누아 자코의 생각이었다. 영상은 카롤린 샹프티에(Caroline Champetier), 음향은 미셸 비오네(Michel Vionnet)가 맡았다. 장소는 파리의 내 아파트였다.

촬영을 마친 뒤 우리는 노플르샤토(Neauphle-le-Château)[3]

1 노르망디 칼바도스 지역의 소도시.

2 뒤라스는 1963년부터 여름이면 노르망디 지방의 도시 투르빌의 바닷가 아파트에 거주했다.('검은 바위'를 뜻하는 '로슈 누아르(Roche noire)'라는 이름의 호텔을 아파트로 개조한 곳이다.)

3 파리 교외 이블린 지역의 도시로, 뒤라스는 1958년에 그곳에 집을 사서 한동안 칩거하며 집필 활동을 했다.

의 집으로 갔다. 그리고 나는 글에 대해 말했다. 글을 쓴다는 것, 나는 그 얘기를 하고 싶었다. 그렇게 같은 제작진과 같은 제작사 — 국립영상연구소(I.N.A.)의 실비 블룸(Sylvie Blum)과 클로드 기자르(Claude Guisard) — 와 함께 두 번째 영화를 만들었다.

'로마'라는 제목의 글은 나의 친구 조바넬라 자노니(Giovanella Zanoni)의 요청으로 이탈리아 국영 텔레비전 방송(R.A.I.)의 지원을 받아 만든 영화 「로마의 대화(Il dialogo di Roma)」였다.

M. D.
파리, 1993년 6월

차례

1944년 5월, 확인되지 않은 시각에,

보빌에서, 스무 살의 나이로 세상을 떠난

W. J. 클리프를 추모하며

이 책을 바친다.

글

집 안에서 우리는 혼자다. 집 밖에서는 그렇지 않지만, 집 안에서는 혼자다. 공원에서라면 새들이 있고 고양이들이 있다. 어떨 땐 다람쥐도 있고 흰족제비도 있다. 공원에서는 혼자가 아니다. 하지만 집 안에서는 때로 길 잃은 느낌이 들 정도로 혼자다. 그렇게 집에 있은 지 십 년째다. 혼자. 책을 쓰기 위해서였다. 나 자신과 다른 사람들에게 내가 지금처럼 작가였음을 알게 해 준 책들을 쓰기 위해서였다. 그 시간이 어땠는가? 어떻게 말해야 할까? 내가 말할 수 있는 건, 노플르샤토의 고독은 내가 만들었다는 사실이다. 그리고 나를 위해서였다. 그리고 또 한 가지, 나는 오로지 이 집 안에서만 혼자라는 점이다. 글을 쓰기 위해서, 이전까지 써 온 것과 다르게 쓰기 위해서였다. 스스로도 알지 못하는, 한 번도 마음먹어 본 적이 없는, 그 누구도 마음먹어 본 적 없는, 그런 책들을 쓰기 위해서였다. 나는 이 집에서 『롤 베 스타인의 환희(Le Ravissement de Lol V. Stein)』와 『부영사(Le Vice-consul)』를 썼다. 그 뒤에 다른 책들도 썼다. 모든 것에서 멀리 떨어져서, 나 자신과 나의 글쓰기, 그렇게 단둘이었다. 그렇게 거의 십 년을 살았다. 아니, 정확히는 모르겠다. 글을 쓰면서 얼마만큼의 시간을 보냈는지 헤아린 적이 거의 없다. 사실 시간이라는 것 자체를 헤아려 본 적이 별로 없다. 로베르 앙텔므(Robert Antelme)[4]와 그 여동생 마리루이즈(Marie-Louise)를 기다리는 동안은 시간을 헤아렸다. 그 이후에는 그 어떤 것도 헤아리지 않았다.

『롤 베 스타인의 환희』와 『부영사』를 나는 2층 방에서 썼다. 아쉽게도 젊은 석공들이 부순 푸른색 옷장들이 있던 방이다. 이따금 이곳 거실에서, 바로 이 탁자에서도 썼다.

첫 책들을 쓰던 그때의 고독을 나는 늘 간직했다. 그 고독은 늘 나와 함께 다녔다. 어디를 가든 글쓰기는 언제나 나와 함께 있었다. 파리에서도. 트루빌에서도. 혹은 뉴욕에서도. 내가 광기 상태에서 롤라 발레리 스타인(Lola Valérie Stein)[5]의 생성을 마무리한 것은 트루빌에서였다. 얀 앙드레아 스테네

4 뒤라스의 첫 남편으로, 모를랑(훗날 프랑스 대통령이 되는 프랑수아 미테랑이다.)이 이끄는 레지스탕스 활동에 함께 가담했다. 게슈타포에 체포되어 강제 수용소로 끌려갔다가 다하우 수용소에서 석방되었고, 수용소에서 죽은 여동생 마리루이즈에게 바친 『인류(L'Espèce humaine)』(1947)를 썼다. 앙텔므를 기다리던 시간, 돌아온 앙텔므가 투병하던 시간은 뒤라스의 『고통(La Douleur)』(1985)에 회고되어 있다.

5 『롤 베 스타인의 환희』의 주인공이다. 무도회에서 약혼자를 빼앗긴 뒤 말과 욕망이 제거된 채 살아간다. 결혼하면서 떠났던 고향으로 십 년 만에 돌아온 뒤, 옛날 무도회에 함께 갔던 학교 친구 타티아나와 재회한다. 그리고 타티아나의 정부인 자크 홀드와 밀회를 이어 가면서 말을 되찾는다.

르(Yann Andréa Steiner)[6]라는 이름이 잊을 수 없을 만큼 선명하게 떠오른 것도 트루빌에서였다. 일 년 전이었다.

글쓰기의 고독은 그것 없이는 글이 만들어지지 않는, 혹은 더 써야 할 것을 찾느라 피 흘리며 부스러지고 마는 그런 것이다. 글이 피를 잃으면 쓴 사람마저 그것을 알아보지 못한다. 무엇보다 말로 불러 주고 비서가 타이핑하도록 하는 것은, 아무리 솜씨 좋은 비서라 해도, 절대 안 된다. 편집자가 읽어 보도록 하는 것도 그 단계에서는 절대 안 된다.

책을 쓰는 사람은 언제나 주변 사람들과 분리되어야 한다. 그러니까, 고독해야 한다. 저자의 고독, 글의 고독. 자신을 둘러싼 침묵이 무엇인지 자문하는 것부터 시작해야 한다. 집 안에서 한 걸음 옮길 때마다, 하루가 흘러가는 매시간, 밖에서 들어오는 빛이든 켜 놓은 전등 불빛이든 어느 빛에서나, 정말로 그래야 한다. 몸이 처한 그러한 실제의 고독, 그것은 침범할 수 없는 글의 고독이 된다. 이 말은 아무한테도 한 적이 없다. 처음 고독 속에 칩거하던 그 시기에 이미 내가 해야 할 일은 글 쓰는 것임을 깨달았다. 레몽 크노(Raymond Queneau)[7]

6 '얀 앙드레아 스테네르'는 이 책보다 일 년 먼저 발간된 소설의 제목이자 주인공이다. 대학생 시절, 육십 대의 뒤라스와 처음 만나 마지막까지 함께한 얀 앙드레아의 이야기를 담고 있다.(얀 앙드레아 역시, 1982년 알코올 중독으로 입원한 뒤라스와 함께한 시간을 『M.D.』(1983)로 회고했고, 뒤라스 사후에는 『그런 사랑(Cet amour-là)』(1999)을 출간했다.)

7 동일한 이야기를 아흔아홉 가지 문체로 변주한 『문체 연습(Exercices de style)』 등 실험적 글쓰기를 추구한 프랑스의 소설가.

가 확인해 주기도 했다. 그는 단 한 마디로 말했다. "다른 것 다 관두고, 써요."

쓰다. 내 삶을 채운, 그리고 내 삶을 매혹시킨 유일한 것. 나는 그것을 했다. 쓰기는 단 한 순간도 날 떠나지 않았다.

내 방은 침대가 아니다. 이 집에서도, 파리에서도, 트루빌에서도 그렇다. 오히려 창문이고, 탁자고, 늘 쓰던 검은색 잉크고, 어디였는지 찾기 힘든 잉크 자국이고, 그리고 의자다. 그리고 지금까지 남아 있는 습관들이다. 어디에 가든, 어디에 있든, 심지어 글 쓰는 방이 아닌 곳, 예를 들어 호텔 방에서도, 잠이 오지 않거나 갑자기 막막해지는 순간을 위해 늘 가방에 넣어 두는 위스키 병. 그 시절 나에게는 연인들이 있었다. 연인이 없던 적은 거의 없었다. 그들도 노플의 고독에 익숙해졌다. 나의 연인들이 그 고독의 매력에 빠져 책을 쓰기도 했다. 나는 그들에게 내 책을 읽게 해 준 적이 거의 없다. 책을 쓰는 여자들은 자기 책을 연인이 읽지 못하게 해야 한다. 한 장(章)을 탈고하면 나는 연인이 보지 못하도록 감췄다. 정말이다. 다른 사람들은 어떻게 하는지, 여자인 데다 연인 혹은 남편이 있을 때 어떻게 하는지 잘 모르겠다. 그런 경우, 남편에 대한 사랑을 연인들에게 감추는 것 역시 필요하다. 나에게 있어서 남편을 향한 사랑을 대신해 준 것은 아무것도 없었다. 살아가는 매일매일 나는 그 사실을 알고 있다.

이 집은 고독의 장소다. 그렇지만 창밖에는 거리가, 광장이, 아주 오래된 연못이, 마을의 초등학교가 있다. 연못에 얼음이 얼면 스케이트 타러 온 아이들 때문에 글을 쓰기가 힘들다. 그래도 그대로 둔다. 잘 노는지 지켜본다. 아이를 키워 본 여자들은 누구든 그렇게 한다. 늘 그렇듯이 말 안 듣고 정신없이 날뛰는 아이들을 지켜본다. 그런데 매번, 너무 무섭다. 견딜 수 없이 두렵다. 하지만 사랑스럽다.

고독은 만들어진 상태로 찾아지는 것이 아니다. 고독은 만드는 것이다. 아니, 저절로 만들어진다. 나는 그렇게 했다. 이곳에 혼자 있어야 한다고, 책을 쓰기 위해서 혼자여야 한다고 결심했다. 그랬다. 이 집에서 혼자였다. 집 안에 틀어박혀 지냈다. 물론 두렵기도 했다. 하지만 이 집을 사랑하게 되었다. 이 집은 글쓰기의 집이 되었다. 나의 책들은 이 집에서 나온다. 넓은 정원, 그곳의 빛에서 나온다. 그리고 연못의 가로등 불빛에서 나온다. 지금 말한 이것을 쓰기까지 이십 년이 걸렸다.

이 집 안에서 얼마든지 걸어 다닐 수 있다. 그렇다. 한쪽 끝까지 갔다가 돌아올 수도 있다. 넓은 정원도 있다. 정원에는 수천 년 된 나무들과 아직 어린 나무들이 있다. 갈잎나무들, 사과나무들이 있고, 호두나무 한 그루, 자두나무들 그리고 버찌나무 한 그루가 있다. 살구나무는 죽었다. 내 방 앞에는 「대서양의 남자(L'Homme Atlantique)」[8]에 나온 바로 그 장미나무가 있다. 버드나무 한 그루. 벚나무도 있고 붓꽃도 있다. 피아노 방 창문 밑에는 디오니스 마스콜로(Dionys

8 1981년 뒤라스가 시나리오를 쓰고 감독한 42분짜리 영화.

Mascolo)[9]가 심은 동백나무 한 그루가 서 있다.

우선 가구를 들여놓았고, 그런 다음 페인트칠을 새로 했다. 그리고 이 년 후에 이 집과 함께하는 삶이 시작되었을 것이다. 이곳에서 『롤 베 스타인』을 끝냈다. 이곳에서, 그리고 트루빌에서 바다를 바라보며, 그 결말을 썼다. 혼자서. 아니, 혼자는 아니었다. 그 시절에 나에게는 남자가 있었다. 하지만 서로 이야기를 나누지는 않았다. 이야기 나누는 걸 피해야 했다. 내가 글을 쓰고 있었기 때문이다. 남자들이 잘 감당하지 못하는 것, 바로 글 쓰는 여자. 남자에게는 잔인한 일이다. 모든 남자에게 어려운 일이다. 로베르 A.만이 예외였다.

트루빌에는 해변이, 바다가, 광활한 하늘이, 모래가 있었다. 이곳에는, 그렇다, 고독이었다. 트루빌에서 나는 끝없이 펼쳐진 바다를 바라보았다. 트루빌은 내 삶 전체의 고독이다. 그 고독, 그 철옹성 같은 고독이 여전히 나를 감싼다. 때로 나는 문을 전부 걸어 잠그고, 전화를 끊고, 나의 목소리를 끊는다. 아무것도 필요하지 않다.

나는 무슨 얘기든 할 수 있지만, 사람들이 왜 글을 쓰는지, 어떻게 글을 쓰지 않을 수 있는지, 그것만은 영원히 알 수 없을 것 같다.

이곳 노플에 혼자 있다 보면, 이따금 그때의 물건들이 눈에 들어온다. 예를 들어 라디에이터. 저 라디에이터 위에 커다

9 뒤라스의 두 번째 남편으로, 두 사람은 헤어진 뒤에도 평생 동안 친구로 지냈다.

란 판자가 놓여 있었다. 그 위에 걸터앉아 지나가는 차들을 바라보곤 했다.

나는 이곳에 혼자 있을 때는 피아노를 치지 않는다. 꽤 잘 치지만, 거의 치지 않는다. 혼자 있을 때, 집 안에 나밖에 없을 때는 피아노를 치면 안 될 것 같다. 감당하기 너무 힘들다. 갑자기 의미를 띠는 것 같아서다. 그런데 글쓰기만은 개인적인 어떤 경우에 의미를 띠어도 된다. 글은 내가 다듬고 내가 쓰니까. 그런 때 피아노는 다가갈 수 없는, 아마도 나로서는 영원히 다가갈 수 없는, 멀리 있는 물건이다. 내가 만일 직업으로 피아노를 연주했다면 책을 쓰지는 못했을 거다. 확신은 없다. 안 그럴지도 모르겠다. 어떤 경우에도, 심지어 음악을 병행하더라도, 글을 썼을 것 같다. 읽을 수 없는, 그럼에도 불구하고 온전한 책들. 대상 없는 사랑을 하는 미지의 누군가만큼이나 모든 말로부터 멀리 있는 책들. 그리스도 혹은 바흐의 사랑. 이 둘은 아찔할 만큼 놀랍도록 동등하다.

고독이 뜻하는 것이 또 있다. 고독은 죽음이고 혹은 책이다. 하지만 무엇보다 술이다. 즉, 위스키다. 지금껏 책을 쓸 때 위스키를 먼저 비우지 않고 시작한 적은 한 번도 없었다. 혹시 있었다면, 어쩌면 아주 오래전이라면 모를까…… 그런 적이 없을 것이다. 지금껏 나는 쓰일 때 이미 존재 이유가 되지 못하는 책을, 그것이 어떤 책이든, 쓴 적이 없다. 어디서든 그랬다. 어느 계절이든 그랬다. 그러한 열정을 바로 이곳 이블린(Yvelines)[10]에서, 이 집에서 발견했다. 마침내 혼자 숨어서 책을 쓸 수 있는 집이 생긴 것이다. 나는 이 집에 살고 싶었다. 무얼 하기 위해서였을까? 마치 농담처럼, 그냥 시작되었다. 어쩌면 글을 쓸 수 있으리라, 그렇게 생각했다. 이미 시작해 놓고 버려둔 책들이 있었다. 제목조차 잊고 있었다. 『부영사』는 아니다. 『부영사』는 한시도 그러지 않았다. 『부영사』는 내가 늘 생각하는 책이다. 『롤 베 스타인』은 더 이상 생각하지 않는다. L. V. S. 누구도 그녀를 알지 못한다. 당신들도 나도 마찬가지다. 나는 자크 라캉(Jacques Lacan)[11]의 말을 완전히 이해하지 못한다. 그의 말 앞에서 어리둥절했다. 특히 이 문장. "그녀가 자신이 쓰고 있는 그것을 쓰고 있다는 사실을 알아서는 안 된다. 알게 되면 길을 잃을 것이다. 그것은 재앙일 것이다." 이 문장은 나에게 일종의 정체성 원칙이, 여자들이 전혀 갖지 못했던 '말할 권리'가 되었다.

굴속에, 굴 깊숙한 곳에, 거의 완전한 고독 속에 자리 잡기. 그리고 글쓰기만이 구원을 주리라는 것을 깨닫기. 책에 대해 그 어떤 주제도 없이, 그 어떤 생각도 없이 있기, 그것은 책 앞에서 자기 스스로를 발견하기, 스스로를 되찾기다. 텅 빈 광활함. 잠재적 상태의 책. 무(無) 앞에 있기. 마치 살아 있는 알몸의 글쓰기 같은, 끔찍한, 끔찍하도록 이겨 내기 힘든 것 앞에 있기. 나는 믿는다, 쓰는 사람은 책에 대한 생각이 없다고. 손이 비어 있고, 머리도 비어 있다. 쓰는 사람이 책의 모험에 대해 아는 것은 미래도 반향도 없는, 멀리 있는, 철자법

10 노플르샤토가 위치한 행정 구역의 이름이다.

11 『롤 베 스타인의 환희』가 출간된 이듬해 자크 라캉은 이 책을 정신 분석학적 관점에서 읽은 「마르그리트 뒤라스에게 바치는 경의(Hommage à Marguerite Duras)」(1966)를 발표했다.

과 뜻이라는 기본적 황금률로 주어지는 메마른 알몸의 글뿐이다.

『부영사』에서 사람들은 도처에서 목소리 없이 외친다. 그다지 마음에 들지 않는 표현이지만, 『부영사』를 읽을 때면 다시 떠오른다. 그렇다, 어디인지 내가 알지 못하는 장소에서, 부영사는 매일 외쳤다. 부영사가 매일 외친 것은 사람들이 매일 기도하는 것과 같다. 그는 라호르[12]의 밤마다 샬리마르 정원[13] 위로 총을 쏘아 댔다. 죽이기 위해서. 누구인지는 상관없고, 그냥 죽이기 위해서. 그는 죽이기 위해 죽였다. 상관없는 그 누군가는 바로 와해되어 가는 인도 전체였기에. 그는 자기 방에서, 관저에서 외쳤고, 인적이 끊긴 캘커타의 어두운 밤에, 혼자일 때 외쳤다. 부영사는 미쳤다. 너무 멀쩡해서 미쳤다. 그는 밤마다 라호르를 죽인다.

나는 부영사를 단 한 곳에서 보았다. 다른 곳에서는 볼 수 없었다. 부영사 역할을 연기한, 놀라운 재능을 지닌 배우이자 나의 벗인 미카엘 롱스달(Michael Ronsdale)[14]에게서 보았다. 롱스달이 다른 역할을 할 때도 나에게는 여전히 라호르 주재 프랑스 부영사였다. 그는 나의 벗이고, 나의 형제다.

부영사, 그는 내가 믿는 이다. 그의 외침, 그의 '유일한 정

12 인더스 평원에 위치한 도시로, 무굴 제국의 통치 아래서 번성하기 시작했다. 영국의 지배를 거쳐 인도가 독립하면서 펀자브주의 주도가 되었고, 현재는 파키스탄의 경제 중심지다.

13 무굴 제국의 황제 샤 자한이 라호르에 지은 정원.

14 소설 『부영사』를 영화화한 뒤라스의 「인디아 송(India Song)」(1975)에서 부영사 역을 맡은 배우다.

치'인 그 외침을 녹음한 것도 이곳, 그렇다, 바로 이 집에서였다. 이곳에서 그가 그녀를 불렀다. 그녀를, 이곳에서, 그랬다. 그녀, A.-M. S.,[15] 안나마리아 구아르디(Anna-Maria Guardi).[16] 바로 그녀, 델핀 세리그(Delphine Seyrig).[17] 영화 속 사람들 모두가 울었다. 자유로운 울음, 무슨 의미를 지니는지 알지 못한 채 우는, 피할 수 없는, 진정한 울음, 가련한 사람들의 울음.

살다 보면 찾아오는 한 순간이 있다. 아마도 운명적인, 피할 수 없는 순간일 것이다. 모든 것에 대해 의혹이 드는 순간이다. 결혼, 친구들, 특히 부부의 친구들, 모두에 대해서. 아이는 아니다. 아이에 대해서는 단 한 순간도 그렇지 않다. 그런 의혹이 사방에서 점차 커 간다. 그 의혹은 혼자다. 그것은 고독의 의혹이다. 의혹은 바로 거기서, 고독으로부터 태어난다. 이미 그렇게 부를 수 있다. 내 이야기를 감내하지 못하는 사람들이 많을 것이다. 아마도 그래서 누구나 작가가 되지는 못하는 것 같다. 그렇다, 바로 그것이 차이점이다. 그것이 진리다. 다른 건 없다. 의혹, 그것은 곧 쓰기다. 그러므로 작가이기도 하다. 그리고 작가와 함께, 모두 글을 쓴다. 우리가 늘 알고 있던 일이다.

글쓰기로 나아가는 그런 첫 의혹이 없다면 고독도 없을

15 「인디아 송」의 여주인공 안마리 스트레테르의 이니셜이다. 캘커타에 온 라호르의 부영사는 캘커타 주재 프랑스 대사의 부인 안마리 스트레테르를 향한 사랑에 빠진다.

16 안마리 스트레테르의 결혼 전 이름이다.

17 「인디아 송」에서 안마리 스트레테르로 분한 프랑스 배우.

것이다. 지금껏 두 목소리로 글을 쓴 사람은 없었다. 두 목소리로 노래 부를 수 있었고, 음악을 만드는 것도, 테니스를 치는 것도 가능했다. 하지만 쓰는 건 아니다. 절대 아니다. 나의 첫 책들은 이른바 정치적이라 불리는 것들이었다. 그중에서도 첫 번째는 내가 가장 큰 애착을 느끼는 책 중 하나인 『아반 사바나 다비드(Aban Sabana David)』였다. 세부적인 문제이기는 하지만, 책 한 권을 이끌어 가는 것은 일상의 삶을 이끌어 가는 것보다 힘들다. 그냥, 어렵다. 독자에게, 책 읽기를 향해 책을 이끌어 가는 것은 어려운 일이다. 내가 만일 글을 쓰지 않았다면 알코올 중독에서 벗어나지 못했을 것이다. 더 이상 쓸 수 없는, 실제로 길 잃은 상태…… 바로 그럴 때 술을 마신다. 길을 잃었으니, 더 이상 쓸 게 없으니, 더 이상 잃을 게 없으니, 그럴 때 쓴다. 책이 있으니, 끝내 달라고 악을 쓰니, 그럴 때 쓴다. 책의 요구를 받아들일 수밖에 없어서다. 책이 다 써지기 전에, 다시 말해 책이 그것을 쓴 당신으로부터 자유로워져서 혼자가 되기 전에 책을 영원히 내던질 수는 없다. 범죄나 다름없는, 용납할 수 없는 일이다. "내 원고를 찢어 버렸어, 다 버렸어." 이렇게 말하는 사람을 나는 믿지 않는다. 그것은 쓰인 글이 다른 사람을 위한 게 아니었거나 책이 아니거나 둘 중 하나다. 지금 책이 아닌 것은 언제나 알 수 있다. 하지만 나중에 절대 책이 아닐 것은 다르다. 그것은 알 수 없다. 절대로.

잠자리에 누우면 나는 얼굴을 가렸다. 나 자신이 무서웠다. 그 이유를 어떻게 모를 수 있는지, 그건 잘 모르겠다. 그래서 잠들기 전에 술을 마신다. 나를 잊기 위해서다. 술이 곧 혈

관 속으로 퍼져 가고, 그러면 잠이 든다. 술과 함께하는 고독은 무척 불안하다. 심장, 그렇다, 심장이 갑자기 빨리 뛴다.

내가 집에서 글을 쓸 때면, 모든 것이 같이 썼다. 어디에나 글쓰기가 있었다. 잘 아는 친구들을 만나도 알아보지 못할 때가 있었다. 몇 년 동안 그랬다. 힘들었던 시간. 그렇다, 아마도 십 년 정도 그랬을 것이다. 아주 친한 친구들이 찾아오는 것조차 끔찍하게 힘들었다. 그들은 나의 상태를 전혀 몰랐다. 나에게 잘해 주고 싶어 했고, 그래서 잘한다고 믿으며 찾아왔다. 정말 이상하게도, 정작 나는 그런 생각이 전혀 없었다.

글을 쓰면 원시적이 된다. 삶 이전의 야생 상태에 이르는 것이다. 여전히 그런 상태를 만날 수 있는 곳이 있다. 숲의 원시성, 시간만큼이나 오래된 원시성이다. 모든 것이 두려워지는, 삶과 구별되지만 삶과 나뉠 수 없는 원시성. 악착같이 매달린다. 육체의 힘이 없으면 쓸 수 없다. 글쓰기에 다가가려면 자기 자신보다 강해져야 한다. 자신이 쓰는 것보다 강해야 한다. 이상한 일이다, 그렇다. 그저 글쓰기, 써진 글이기만 한 것이 아니다. 그것은 짐승들이 밤중에 내지르는 울음이다. 모든 사람의, 당신들과 나의 울음. 개들의 울음이다. 사회의 집단적인, 절망적인 저속함이다. 고통이며, 또한 그리스도, 모세, 파라오들, 유대인들, 유대의 어린아이들. 행복, 가장 폭력적인 행복. 언제나, 나는 그렇게 생각한다.

나는 『태평양을 막는 방파제(Un barrage contre le Pacifique)』의 영화화 판권으로 노플르샤토의 이 집을 샀다. 내 소유의, 내 이름으로 된 집이다. 이 집을 사고 나서 미친 듯이 글을 썼다. 마치 화산이 폭발한 것 같았다. 집이 큰 몫을 했을 것이다. 이 집은 나를 유년기의 아픔들로부터 달래 주었다. 이 집을 사면서 나는 나 자신을 위해 무언가 중요한, 결정적인 일을 했음을 깨달았다. 오로지 나를, 그리고 나의 아이를 위한 것. 평생 처음이었다. 나는 집에 정성을 쏟았다. 청소도 했다. 온통 이 집에 '사로잡혀' 있었다. 이후 책 쓰는 일에 몰두하기 시작하면서 덜해졌다.

글쓰기는 아주 멀리까지…… 끝장을 볼 때까지 간다. 때로는 버티기 힘들다. 써진 것…… 어느 한 순간 모든 것이 그것과 관련하여 의미를 띤다. 미쳐 버릴 것 같다. 이미 알던 사람들을 더 이상 알지 못하게 되고, 모르는 사람들이 내가 지금까지 기다려 온 사람들로 느껴진다. 어쩌면 사는 데 지쳐 버려서, 이미 다른 사람들보다 많이 지쳐서 그랬을 수 있다. 통증 없는 고통. 다른 사람들, 특히 나를 아는 사람들로부터 나 자신을 보호하려고 애쓰지 않았다. 슬프지는 않았다. 절망했다. 그때 나는 내 인생에서 가장 힘든 일을 하고 있었다. 나의 라호르의 연인, 그의 삶을 쓰는 것. 『부영사』를 쓰기. 그 책을 쓰는 데 삼 년이 걸렸다. 그때 그 책에 대해서 말할 수 없었다. 아주 작은 것이라도 책 속에 침범해 들어오면, 아주 미미한 것일지언정 '객관적'인 견해가 끼어들면, 책의 모든 것이 지워져 버렸을 것이다. 그래서 고쳐 쓰면, 그 또 다른 글쓰기가 책의 원래 글쓰기를, 책에 대해 내가 아는 것을 무너뜨렸을 것이다. 쓰고 나서 혼자 썼다고 믿는 환상, 그 정당한 환상은 엉터리이든가 경이롭든가다. 비평가들의 글을 읽을 때 내가 제일 민감하게 느끼는 것은 대부분 '그 어떤 것과도 비슷하지 않다.'라는 말이었다. 그것은 곧, 쓴 사람의 원래 고독과 만난다는 뜻이었다.

친구들을 위해서, 친구들이 놀러 오게 하려고 이 집을 샀다고 믿었다. 하지만 틀렸다. 이 집은 날 위해서 산 것이다. 이제야 깨달았고, 그래서 말한다. 때로 친구들이 많이 모여 저녁 식사를 하기도 했다. 갈리마르 출판사 사람들이 자주 왔고, 그들이 아내나 친구들을 데려오기도 했다. 열다섯 명이 모인 적도 있었다. 나는 다 같이 먹을 수 있도록 식탁들을 붙여 한 방에 차리고 싶어서, 손님들에게 식사 시간보다 조금 일찍 와 달라고 했다. 모두가 무척 행복한 시간이었다. 그 어느 때보다 행복했다. 로베르 앙텔므와 디오니스 마스콜로와 그 친구들이 늘 있었다. 나의 연인들, 특히 제라르 자를로(Gérard Jarlot)[18] 도 있었다. 매력적인 인물인 그는 이내 갈리마르 사람들과 친구가 되었다.

사람들과 같이 있으면 혼자가 아니지만, 오히려 더 혼자 남은 느낌이었다. 그와 같은 고독에 다가가려면 밤을 지나야 한다. 밤에 사백 평방미터의 집 안에서 혼자 침대에 누운 뒤라스를 그려 볼 것. 집의 제일 끝, 저 아래 '별채'까지 가려면, 그 공간이 마치 덫이라도 되는 양 무서웠다. 밤마다 무서웠다. 누구든 와서 같이 지낼 수 있게끔 해 볼 수 있었지만, 그 어떤 것

18 뒤라스는 마스콜로와 헤어진 뒤 작가인 제라르 자를로와 연인이 된다. 두 사람은 함께 『모데라토 칸타빌레(Moderato Cantabile)』(1958)를 영화 시나리오로 각색했다.

도 하지 않았다. 이따금 밤늦게 외출도 했다. 마을 사람들, 친구들, 노플의 주민들과 함께 돌아다녔고, 나는 그 시간이 좋았다. 같이 술을 마셨다. 이야기도 많이 했다. 일종의 카페테리아 같은, 몇 헥타르 위에 펼쳐진 마을만큼이나 넓은 장소였다. 새벽 3시면 절정에 이르렀다. 이름이 생각난다. 파를리 II.[19] 우리 모두는 그곳에 고립되었다. 우리의 고독이 펼쳐진 그 거대한 영토를 종업원들이 마치 형사처럼 지켜보았다.

이 집은 시골 별장이 아니다. 그렇지 않다. 원래는 연못이 있는 농장이었다. 그러다 파리 공증인회 소속의 어느 공증인의 여름용 별장이 되었다.

처음 대문이 열렸을 때, 넓은 정원이 펼쳐졌다. 순식간의 일이었다. 나는 안으로 들어서자마자 좋다고, 이 집을 사겠다고 했다. 그리고 그 자리에서 샀다. 현찰로 집값을 지불했다.

이제 이 집은 일 년 내내 머무는 집이 되었다. 나는 이 집을 아들에게 주었다.[20] 우리 둘의 집이다. 아들도 나만큼이나 이 집을 아낀다. 아들은 내 것을 모두 그대로 두었다. 나는 여전히 이곳에서 혼자일 수 있다. 나의 탁자, 나의 침대, 나의 전화기, 나의 액자들, 나의 책들, 모두 그대로 있다. 그리고 나의 영화 시나리오들. 내가 이곳에 와 있다는 사실에 아들은 행복해한다. 그런 행복, 아들이 누리는 행복은 이제 내 삶의

19 1969년 이블린의 셰네(Chesnay)에 문을 연 대형 복합 쇼핑몰.

20 뒤라스와 마스콜로 사이에서 태어난, 영화 스틸 사진작가 장 마스콜로(Jean Mascolo)를 말한다.

행복이다.

작가란 신기한 존재다. 모순이며 또한 무의미다. 쓰기는 말하지 않기다. 침묵하기다. 소리 없이 외치기다. 작가는 차분하다. 대부분 그렇다. 작가는 귀 기울여 들어준다. 말은 많이 하지 않는다. 자신이 쓴 책에 대해서, 특히 쓰고 있는 책에 대해서 말할 수 없기 때문이다. 그것은 불가능한 일이다. 영화와는 반대고, 연극과도 반대며, 다른 공연 예술 모두 마찬가지다. 또한 모든 읽기와도 반대다. 가장 어렵다. 가장 고약하다. 책은 미지의 존재이기 때문이고, 밤이기 때문이고, 닫혀 있기 때문에, 그래서 그렇다. 책은 나아가고, 커 간다. 우리가 이미 가 보았다고 믿는 방향으로, 자기 자신의 운명으로, 그리고 저자의 운명으로 나아간다. 저자는 책의 출간과 함께 사라진다. 저자에게 책의 출간은 책과의 결별이다. 꿈꾸어 온 책, 막내로 태어나 가장 큰 사랑을 받은 자식과도 같은 책과의 결별.

펼쳐진 책은 또한 밤이다.

이유는 알 수 없지만, 조금 전의 그런 말들을 하다 보면 울게 된다.

절망을 버티며 쓰기. 아니, 절망을 품고 쓰기. 그 절망의 이름은 모르겠다. 이전에 쓰인 것을 옆에 두고 쓰는 것은 이전의 것을 망가뜨리는 것이다. 하지만 받아들여야 한다. 망친 것을 망가뜨리기, 그것은 다른 책을 향해, 바로 그 책의 가능한

다른 상태를 향해 가기다.

일부러 집 안에 고립되는 것은 아니다. "이 집에 일 년 내내 갇혀 지낸다."라고 말하지는 않았다. 갇혀 있지는 않았다. 그렇게 말할 수는 없다. 장을 보러 나갔고, 카페에도 갔다. 하지만 동시에 집에 있었다. 마을과 집은 마찬가지다. 그리고 연못을 향해 놓인 나의 탁자. 그리고 검은 잉크. 그리고 흰 종이도 마찬가지다. 그런데 책의 경우는, 아니다, 돌연히, 전혀 마찬가지가 아니다.

나 이전에 이 집에 산 사람들 중에는 글을 쓰는 이가 없었다. 노플의 시장에게 문의해 보았고, 이웃 사람들에게, 상인들에게 물어보았다. 없었다. 한 명도 없었다. 그 사람들의 이름을 알기 위해 베르사유(Versailles)[21]에 여러 번 전화도 걸었다. 이름과 직업 명단에 작가는 없었다. 모두 작가의 이름일 수도 있다. 모두. 하지만 아니다. 이 근방은 농장이었다. 땅을 파니 독일인들의 쓰레기가 나왔다. 전에 독일군 장교들이 이곳에 머문 것이다. 땅에 판 흙구덩이가 그들의 쓰레기통이었다. 굴 껍질, 비싼 식품들, 특히 푸아그라나 캐비어 깡통들이 나왔다. 깨진 접시들도 많았다. 전부 없애 버렸다. 세브르(Sèvres)[22]산 도자기가 분명한 그릇 파편들만 빼고. 문양이 그대로였다. 이곳 아이들의 눈 빛깔과 똑같은 순수한 푸른색이었다.

21 베르사유는 노플르샤토가 위치한 이블린의 도청 소재지다.

22 파리 근교의 세브르에 있는 국립 도기 제조소를 말한다.

책이 끝나면, 그러니까 책을 다 쓰고 나면, 더 이상 그 책을 읽으면서 내가 쓴 책이라고 말할 수 없다. 책 안에 무엇이 쓰여 있는지, 그 책이 어떤 절망 속에서 혹은 어떤 행복 속에서 쓰였는지, 당신의 온 존재를 발견하는 행복 속에서 쓰였는지 혹은 당신의 온 존재가 무너지는 좌절 속에 쓰였는지, 그것도 말할 수 없다. 책 속에는 절대 그런 것이 보이지 않기 때문이다. 글쓰기는 어떤 의미에서 모두 균일하고 온순하다. 끝나서 독자의 손으로 넘어간 책 안에서는 더 이상 아무 일도 일어나지 않는다. 세상에 나온 책은 해독 불가능한 순수한 처녀성과 마주한다.

아직 쓰이지 않은 책과 단둘이 있기, 그것은 아직 인류 태초의 잠 속에 있는 것과 같다. 그렇다. 여전히 황무지 상태의 글쓰기와 단둘이 있는 것이다. 그로 인해 죽지 않으려고 애쓰는 것이다. 전쟁 동안 은신처에 혼자 있는 것이다. 기도하지 않으면서, 신(神)도 없이. 마지막 한 명의 나치까지, 독일인을 전부 죽이고 말겠다는 미친 욕망 외에는 아무 생각도 없이.

지금껏 글쓰기는 그 어떤 것도 가리키지 않았다. 그렇지 않았다면 지금쯤…… 글쓰기는 여전히 처음 그대로다. 야생 상태다. 다르다. 사람들, 책 속에 돌아다니는 인물들만은 예외다. 저자는 쓰는 동안 절대 그들을 잊지 않고, 절대 그들을 그리워하지 않는다. 정말이다, 확신한다. 정말이다. 책의 글쓰기, 써진 글은 그렇다. 결국 다 내맡기고 놓아 버리게 된다. 자신의 고독 속에서 혼자다. 언제나 받아들이기 힘들다. 언제나 위험하다. 그렇다. 밖으로 나가 외칠 용기를 냈기에 치러야만

하는 대가.

처음에 나는 이 집의 2층에서 글을 썼다. 아래층에서는 쓰지 않았다. 나중에는 반대로 1층의 제일 큰 방에서 썼다. 거기서는 조금 덜 혼자일 수 있기 때문이다. 아마 그럴 것이다. 잘 모르겠다. 그리고 정원이 보이기 때문이다.

책 속에 그것이 들어 있다. 책 속에 있는 고독은 온 세상의 고독이다. 그 고독은 어디에나 있다. 고독이 모든 것을 집어삼켰다. 여전히 나는 고독이 그랬다고 믿는다. 누구나 그렇듯이. 고독은 그것 없이는 우리가 아무것도 못 하는 그런 것이다. 그것이 없으면 우리는 아무것도 바라보지 못한다. 그것은 사유하고 추론하는 방식이고, 하지만 언제나 일상적인 생각으로 그렇게 한다. 글쓰기의 기능 속에도 그것이 들어 있다. 무엇보다, 아마도, 매일 자살할 수 있지만 자살해서는 안 된다고 매일 스스로에게 말하기. 그것은 책을 쓰기이지, 고독이 아니다. 지금 나는 고독에 대해 말하지만, 그때 나는 혼자가 아니었다. 나에게는 명료해질 때까지 이끌어 가야 하는 일, 도형수의 노동이 있었다. 바로 『라호르의 프랑스 부영사』를 쓰는 일이었다. 그 책은 쓰였고, 여러 나라의 언어로 번역되었다. 그리고 그 책은 그대로 남았다. 그 책에서 부영사는 방아쇠를 당긴다. 나병을 향해, 나병에 걸린 이들을 향해, 가난한 사람들을 향해, 개들을 향해. 그다음에는 백인들에게, 백인 통치자들에게 방아쇠를 당긴다. 부영사는 모든 것을 죽였다. 그녀만이 남았다. 어느 날 삼각주의 물속에 몸을 던진 여인,[23] 롤라 발레리 스

23 「인디아 송」의 결말에서 일어나는 안마리 스트레테르의 자살을 환기한다.

타인, 나의 유년기와 S. 탈라[24]의 여왕, 빈롱[25] 행정관의 아내.

그 책은 내 삶의 첫 번째 책이었다. 라호르에서였고, 그리고 그곳, 캄보디아, 플랜테이션 농장, 어디에서나였다. 『부영사』는 임신한 열다섯 살 소녀의 이야기로 시작한다. 어머니에게 쫓겨난 불쌍한 베트남 소녀는 푸르사트[26]의 푸른색 대리석 산속을 배회한다. 이후에 어떻게 이어지는지는 알지 못한다. 한 번도 가 본 적 없는, 그곳 푸르사트의 산을 찾느라 힘들었던 게 기억난다. 내 탁자 위에 지도가 있었고, 나는 걸인들, 다리가 부러지고 눈이 먼 아이들, 어머니로부터 버림받은, 쓰레기를 주워 먹는 아이들이 가는 그 길을 따라갔다. 무척 쓰기 힘들었던 책이다. 불행이 얼마나 넓게 퍼져 있는지 말해 주는 지도는 없었다. 그 불행을 초래했을 가시적 사건들로부터 아무것도 남아 있지 않았기 때문이다. '굶주림'과 '고통'만이 남아 있었다.

야생의 사건들 사이에는 연결 고리가 없었다. 따라서 예정된 계획도 없었다. 내 삶에는 그런 것이 한 번도 없었다. 단 한 번도, 내 삶에서도, 내 책에서도, 결코 없었다.

24 『롤 베 스타인의 환희』의 무대가 되는 도시의 이름이다.

25 뒤라스가 유년기를 보낸 베트남의 도시. 훗날 이 시기를 회고한 자전적 소설 『연인(L'Amant)』에 따르면, 당시 빈롱에 부임해 온 행정관의 아내와 부하 직원인 젊은 남자가 사랑에 빠졌고, 결국 그 남자는 불가능한 사랑 때문에 권총 자살을 했다는 소문이 돌았다. 비난의 시선 속에 '중국인' 연인과 관계를 이어 가던 소녀는 행정관의 아내에게서 모종의 동질감을 느낀다.

26 캄보디아 북서부 지역.

나는 아침마다 썼다. 그렇지만 일과를 정해 놓지는 않았다. 그런 적은 없다. 음식을 하는 시간만이 예외였다. 음식을 끓이려면, 음식을 태우지 않으려면, 정해진 시간을 지켜야 한다는 것을 알았다. 책에 대해서도 알고 있었다. 정말이다. 전부, 맹세할 수 있다. 나는 책 속에서 거짓말을 한 적이 없다. 삶 속에서도 마찬가지다. 남자들한테만은 예외다. 절대 거짓말 한 적 없다. 거짓말한 아이들은 죽는다는 거짓말로 어머니가 나를 겁주었기 때문이다.

책에 대해 비난할 것이 있다면, 일반적으로 말해서, 자유롭지 않다는 점일 것이다. 그것을 글쓰기를 통해 볼 수 있다. 우리는 책을 제작하고 구성하고 통제하고, 그러니까 규칙에 부합되게끔 한다. 작가가 항시 자기 자신에게 행하는 점검 기능이다. 작가는 결국 자기 자신을 감시하는 형사인 셈이다. 그렇게 좋은 형식, 즉 가장 널리 통용되는 제일 명확하고 덜 위험한 형식을 찾는다. 여전히 새침데기처럼 얌전한 책을 쓰는 죽은 세대의 작가들이 있다. 심지어 젊은 작가 중에도 있다. 뻗어 나지 않는, 밤이 없는, 이른바 '매력적'인 책. 침묵이 없는 책. 다시 말하면, 진정한 작가가 없는 책. 낮의 책, 소일거리 책, 여행용 책. 하지만 사유에 각인되는 책들이 있다. 삶 전체가 죽는 어둠의 상(喪), 모든 사유의 공통점인 그 죽음을 말하는 책들.

나는 책이 무엇인지 알지 못한다. 아무도 그것을 알지 못한다. 하지만 책이 있을 때, 우리는 안다. 그리고 아무것도 없을 때, 우리가 있음을, 아직 죽지 않고 있음을 스스로 알듯이 그렇게 안다.

어느 작가에게나 그렇듯이, 모든 책에는 피해 갈 수 없는 어려운 길이 있다. 진정한 책, 거짓이 아닌 책이 되게 하려면, 책 속에 그러한 오류를 남겨 두기로 결심해야 한다. 그런 뒤에 고독이 어떻게 변하는지는 모르겠다. 아직 그에 대해서는 말할 수가 없다. 고독이 평범해지고, 종국에는 상투적이 될 것 같다. 그래서 다행이다.

라호르 주재 프랑스 대사의 부인 안마리 스트레테르와 부영사의 사랑을 처음 얘기할 때, 책을 파괴하는, 책을 기다림으로부터 꺼내는 기분을 느꼈다. 하지만 아니다. 책은 버텼고, 오히려 정반대였다. 저자들의 오류도 있다. 사실 그것은 기회다. 성공적인 훌륭한 오류도 있고, 유년기에 속하는 오류처럼 손쉬운 것도 있다. 경이로울 때가 많다.

다른 사람들의 책은 흔히 '깨끗해' 보인다. 그런 책은 아무런 위험도 감수하지 않는 고전주의에 속한다. 아마도 숙명적이라는 말이 맞을 것이다. 모르겠다.

내가 살아오면서 읽은 책 중에서 가장 좋았던 것, 나만을 위한 책은 전부 남자들이 쓴 책이었다. 미슐레(Michelet)[27]

27 『프랑스사(Histoire de France)』, 『프랑스 혁명사(Histoire de la Révolution française)』 등을 쓴 19세기 역사가로, 정치나 경제뿐 아니라 예술, 종교 등 모

가 그렇다. 미슐레, 다시 또 미슐레, 눈물이 날 정도다. 정치적인 글들도 좋기는 하지만, 그만큼은 아니다. 생쥐스트(Saint-Just),[28] 스탕달(Stendhal)이 있다. 이상하게도 발자크(Balzac)는 아니다. 최고의 글은 『구약 성서』다.

신경 발작, 혹은 느리고 퇴화된 상태, 말하자면 가짜 잠이라 할 수 있는 기면(嗜眠) 발작에서 내가 어떻게 벗어났는지 잘 모르겠다. 고독 역시 그랬다. 일종의 쓰기. 읽기는 바로 쓰기였다.

겁을 먹는 작가들도 있다. 쓰는 게 두려운 것이다. 내 경우에는 그런 두려움을 느낀 적이 없다. 나는 이해될 수 없는 책들을 썼고, 그 책들은 읽혔다. 최근에, 삼십 년 만에 그중 한 권을 읽었다. 무척 좋았다. 『평온한 삶(La Vie tranquille)』.[29] "남자가 물에 빠지는 모습을 본 사람은 나밖에 없었다."라는 마지막 문장 외에는 완전히 잊고 있었다. 살인 사건을 중심으로 평범하고 음침한 논리로 전개되는 이 이야기는 단숨에 쓴 것이다. 이 책 속에서, 책 자체보다 멀리, 책 속의 살해보다 멀리 갈 수 있다. 알 수 없는 어떤 곳으로. 아마도 누이를 향한 사랑,

든 요소들을 '종합'함으로써 과거를 되살리는 역사 서술을 추구했다.

28 대혁명 시기의 정치가로, 로베스피에르의 공포 정치를 지지했다. 『프랑스 혁명과 헌법의 정신(Esprit de la Révolution et de la Constitution de France)』을 썼다.

29 첫 소설 『철면피들(Les impudents)』(1943)로 데뷔한 뒤 이듬해 출간한 뒤라스의 두 번째 소설이다. 프랑스 페리고르 지방의 시골을 배경으로 주인공이자 화자인 프랑수아즈, 오빠 니콜라와 그 친구인 티엔, 세 사람 사이의 갈등을 그린다.

남매 사이의 사랑을 향해, 찬란한, 분별없는, 천벌받을 사랑의 영원함을 향해.

우리는 희망이라는 병에 걸린 환자들, 68[30]의 환자들이다. 그 희망은 프롤레타리아의 역할에 대한 희망이다. 그 어떤 법도, 그 어떤 것도, 그 누구 혹은 그 무엇도 우리가 그 희망을 떨치게 할 수 없다. 공산당에 다시 가입하고 싶다.[31] 하지만 그러면 안 된다는 것을 안다. 그리고 또, 우파 사람들에게 말하고 싶다. 나의 분노를 쏟아 내며 모욕을 퍼붓고 싶다. 모욕은 글만큼 강하다. 그 또한 글이지만, 누군가를 향한 글이다. 나는 기사를 쓰면서 사람들에게 모욕을 안겼다. 아름다운 시를 쓰는 것만큼 만족을 주는 일이다. 나는 좌파 쪽 사람과 우파 쪽 사람 사이에는 근본적인 차이가 있다고 믿는다. 다 마찬가지라고 말하는 사람들도 있을 것이다. 좌파 쪽에는 그 누구도 대신할 수 없는 베레고부아(Bérégovoy)[32]가 있었다. 베레고부아 부류의 인물 중에서 가장 뛰어난 이는 독보적인 미테랑(Mitterrand)이다.

나는 다른 모든 사람들과 비슷하다. 거리에서 마주친 사

30 파리에서 학생 시위로 시작되어, 노동 운동가와 지식인들이 합세한 1968년 5월의 저항 운동을 말한다.

31 뒤라스는 삼십 대에 공산당에 가입했지만, 사람들과의 불화로 이 년 만에 결별했다. 이후에도 알제리 전쟁 반대 운동, 1968 학생 운동, 낙태 합법화 운동 등을 통해 적극적인 사회 참여를 이어 갔지만, 공산당과 화해하지는 못했다.

32 프랑스의 사회주의 정치가로, 미테랑 정부에서 재무부 장관과 총리를 지냈다. 부패 혐의를 의심한 언론의 표적이 되었고, 1993년 총리직에서 물러난 뒤 두 달 만에, 뒤라스가 이 책을 마무리할 무렵에 자살했다.

람이 고개를 돌려 날 다시 쳐다보는 일은 한 번도 없었다. 나는 지극히 평범하다. 평범함의 승리. 『트럭(Le Camion)』[33]의 늙은 여자처럼.

내가 말한 대로, 그렇게, 그런 고독 속에서 살아가다 보면 마주치게 되는 위험이 있다. 피해 갈 수 없는 위험이다. 인간은 혼자 있게 되면 분별력을 잃고 흔들리게 된다. 자기 자신 외에는 아무도 없는 사람, 그럼 사람은 이미 광기에 빠진 것이다. 갑자기 착란이 일어날 때 붙잡아 줄 것이 없기 때문이다.

우리는 결코 혼자가 아니다. 우리는 절대 물리적으로 혼자가 아니다. 그 어느 곳에서도 그렇다. 우리는 언제나 어디엔가에 있다. 부엌에 있으면 소리가 들린다. 텔레비전 혹은 라디오 소리. 옆 아파트에서 혹은 건물 전체에서 나는 소리. 나는 늘 조용히 해 달라고 말하지만, 나처럼 해 본 적이 없는 사람이라면 더욱 그럴 것이다.

한 가지 하고 싶은 이야기가 있다. 나에 관한 프로그램[34]을 촬영하던 미셸 포르트(Michelle Porte)에게 처음 꺼낸 적 있는 이야기다. 그 일이 일어났을 때 나는 본채에 딸린 '별채', 그러

33 1977년 출간된 뒤라스의 책으로, 같은 해 뒤라스가 각본과 연출을 맡아 영화로 제작되었다.

34 1976년 텔레비전에서 방영된 다큐멘터리 「뒤라스의 장소들(Les Lieux de Marguerite Duras)」을 말한다. 뒤라스와의 대담 내용과 사진을 수록한 책도 이듬해 같은 제목으로 출간되었다.

니까 '식량 보관실'에 있었다. 나 혼자였다. 미셸 포르트를 기다리고 있었다. 요즘도 그 방에, 텅 빈 조용한 그곳에 혼자 있을 때가 많다. 나는 그 고요 속에서, 바로 그날, 벽에 붙은 파리 한 마리가 마지막 안간힘을 쓰는 모습을 한참 동안 지켜 보았고 소리를 들었다.

파리가 놀라지 않도록 바닥에 앉았다. 그리고 움직이지 않았다.

집 안에 나와 파리밖에 없었다. 그때까지 파리라면 끔찍하게 싫다는 생각밖에 해 본 적이 없었다. 여러분도 그럴 것이다. 나 역시 자라 오면서 온 세상의 재앙, 페스트와 콜레라를 불러오는 재앙을 혐오하도록 배웠다.

죽어 가는 파리를 보기 위해 다가갔다.

파리는 정원의 습기와 함께 벽에 쌓이는 모래와 시멘트에 갇히지 않으려고 그 벽으로부터 벗어나려 했다. 파리가 어떻게 죽는지 보기 위해 나는 움직이지 않았다. 한참 동안 그대로 있었다. 파리는 죽지 않으려고 발버둥 쳤다. 십 분 혹은 십오 분이 지난 뒤 멈추었다. 생명이 멈추었을 것이다. 나는 그대로 앉아 더 지켜보았다. 파리는 마치 벽에 달라붙기라도 한 것처럼 내 눈앞에 그대로 있었다.

하지만 아니었다. 파리는 아직 살아 있었다.

나는 계속 지켜보았다. 어쩌면 파리가 희망을 되찾을지 모른다고, 다시 살지 모른다고 생각했다.

지켜보는 나로 인해 파리의 죽음은 더욱 잔혹해졌다. 다

알면서도 나는 꼼짝하지 않았다. 보고 싶었다. 죽음이 서서히 덮치는 과정을 지켜보고 싶었다. 그리고 그 죽음이 어디에서 오는지 보고 싶었다. 밖에서 오는지, 두꺼운 벽에서 오는지, 바닥에서 오는지. 어떤 밤으로부터 오는지. 땅에서 오는지 혹은 하늘에서 오는지, 가까운 숲에서 오는지, 혹은 여전히 이름 붙일 수 없는, 아마도 아주 가까이 있는 무(無)로부터 오는지, 혹은 영원으로 향해 가는 파리의 여정을 확인하려고 애쓰는 나로부터 오는지.

끝이 어땠는지는 기억나지 않는다. 마지막 힘을 소진한 파리가 바닥으로 떨어졌을 것이다. 파리의 발과 벽이 분리되었다. 그리고 파리는 바닥으로 떨어졌다. 그 이후의 일은, 내가 그곳에서 나왔다는 것 외에는 알지 못한다. 나 자신에게 말했다. "넌 지금 미쳐 가고 있어." 그리고 그곳에서 나왔다.

미셸 포르트가 도착했고, 나는 그 장소를 보여 주면서 파리 한 마리가 이곳에서 3시 20분에 숨을 거두었다고 말했다. 미셸 포르트는 웃음을 터뜨렸다. 웃음을 그치지 못했다. 그럴 만했다. 나는 상황을 수습하기 위해 미소를 지어 보였다. 그녀는 계속 웃었다. 하지만 지금, 이렇게, 그때의 이야기를 하고 있는 나에게는, 진실로, 나의 진실을 담아 이야기한 대로, 파리와 나 사이에 있었던 그 일은 웃을 일이 아니었다.

파리의 죽음, 그 역시 죽음이다. 세상의 종말을 향해 가는, 마지막 잠의 터를 펼치는 죽음이다. 우리는 개가 죽는 것, 말이 죽는 것을 보고, 예를 들어, 불쌍해라…… 라고 말한다. 하지만 파리가 죽을 때는 아무 말도 하지 않는다. 아무것도 하지 않는다.

이제는 글로 쓰였다. 내가 별로 좋아하지 않는 단어이기는 하지만, 이런 종류의 일탈, 이런 음침한 일탈을 이따금 저지르게 된다. 중요한 사건은 아니지만, 그 자체로 온전한, 엄청난 의미를 지니는 사건이다. 다가갈 수 없이 무한히 큰 의미를 지니는 사건. 나는 유대인들을 생각했다. 전쟁 초기에 그랬던 것처럼, 온몸으로, 온 힘을 다 바쳐, 독일을 증오했다. 전쟁 동안 거리에서 독일인을 마주칠 때마다 내 손으로 죽이는 생각을 했다. 내가 해낸, 내가 완수한 죽음, 내 손으로 죽인 독일인의 시체가 주는 엄청난 행복을 생각했다.

글이 거기까지, 죽어 가는 파리한테까지 가는 것도 좋다. 그러니까, 쓰기의 두려움을 쓰는 것이다. 언제 죽었는지 정확한 시각이 기록되는 순간, 죽음은 이미 다가갈 수 없는 것이 된다. 보편적인 중요성이 부여되는 것이다. 다시 말해, 지상의 모든 삶이 표시된 지도 위에 정확한 한 지점을 차지하게 되는 것이다.

파리가 죽은 시각을 정확히 기록하는 것은 파리의 죽음을 기리기 위해 은밀한 장례를 치르는 일이다. 죽은 뒤 이십 년이 지난 후에, 증거가 여기 있다. 우리가 여전히 파리 이야기를 하고 있다.

파리의 죽음에 대해서, 죽는 데 얼마나 걸렸는지, 얼마나 서서히 죽어 갔는지, 죽음이 얼마나 끔찍했는지, 그 진실이 무엇인지, 그 누구한테도 얘기한 적이 없었다.

정확한 죽음의 시각을 기록하는 것은 인간과의 공존, 식민지 민족들과의, 이 세상의 수많은 미지의 인간들, 혼자인 인간들, 보편적인 고독 속에 사는 인간들과의 공존으로 이어진다. 생명은 도처에 있다. 박테리아부터 코끼리까지. 땅부터 하늘, 신들이 사는 혹은 이미 죽은 자들이 사는 하늘까지.

나는 파리의 죽음을 위해 그 어떤 것도 하지 않았다. 흰색의 매끄러운 벽이 이미 파리의 수의(壽衣)였고, 그 벽으로 인해 파리의 죽음은 공적인 일이고 자연에 따르는 불가피한 일이 되었다. 파리는 분명 삶의 막바지에 있었다. 나는 죽어 가는 파리를 지켜보지 않을 수 없었다. 파리는 더 이상 움직이지 않았다. 그리고 또, 파리가 있었다고 말할 수 없다는 것도 알아야 한다.

이십 년 전의 일이다. 조금 전 말한 대로 지금껏 다른 누구한테 얘기한 적이 없었다. 미셸 포르트에게도 그렇게는 안 했다. 내가 그때 알았던 것, 내가 본 것, 그것은 바로 파리가 자신의 몸을 관통하는 그 차가운 기운이 죽음임을 이미 '알았다'는 사실이다. 그게 가장 끔찍했다. 가장 놀라웠다. 파리는 알고 있었다. 그리고 받아들였다.

혼자인 집, 그것은 그냥 혼자 있는 게 아니다. 집을 둘러싼 시간이 필요하고, 사람들이 필요하고, 이야기들이 필요하고, 결혼 혹은 파리의 죽음과 같은 전환점이 필요하다. 죽음, 평범한 죽음 — 한 개체의 죽음 그리고 같이 죽는 죽음, 전 세계에서의 죽음, 프롤레타리아의 죽음, 전쟁으로 인한 죽음, 지구상에서 일어나는 수많은 전쟁들.

그날. 달리 시각은 없이 날짜만 정해 미셸 포르트와 단둘이 만나기로 한 그날, 파리가 죽었다.

나는 파리를 쳐다보았고, 갑자기 오후 3시 20분이 아주 조금 지나 있었다. 파리의 앞날개 소리가 멈췄다.

파리가 죽었다.

그 여왕. 검은색과 푸른색의 여왕.

내가 지켜보던 파리가 죽었다. 서서히. 발버둥을 치다가 마지막 경련을 일으켰다. 그런 뒤에는 더 이상 움직이지 않았다. 오 분 내지 팔 분. 긴 시간이었다. 절대적인 공포의 순간. 다른 하늘, 다른 행성, 다른 장소를 향해 가는 죽음이 시작되는 순간이었다.

도망치고 싶었지만, 그와 동시에, 소리가 나는 바닥을 쳐다봐야 한다는 생각이 들었다. 평범한 파리 한 마리가 죽는 소리, 생나무 타는 소리가 들렸기 때문이다.

그렇다. 이렇게, 파리의 죽음은 문학으로 옮겨졌다. 저절로 쓰게 된다. 파리가 죽어 가는 것을 보면서 쓴다. 그럴 권리가 있다.

내가 파리가 죽은 시각을 말해 주자 미셸 포르트는 웃음을 그치지 못했다. 지금 와서 생각하면 내가 파리의 죽음을 좀

우스꽝스럽게 전했을 수도 있다. 그때 나는 파리의 죽음을 표현할 수단이 없었다. 그 죽음을, 검고 푸른 파리의 죽음을 지켜보았기 때문이다.

고독에는 늘 광기가 함께한다. 나는 안다. 광기는 보이지 않는다. 이따금 예감할 수 있을 뿐이다. 다르게는 불가능하다. 자기 자신으로부터 모든 것을, 책 전체를 꺼내 놓을 때, 그 누구와도 나눌 수 없는 고독이라는 특별한 상태에 놓이게 된다. 그 어떤 것도 나눌 수 없다. 자신이 쓴 책을 혼자, 책 속에 갇혀서, 혼자 읽어야 한다. 분명 종교적인 측면이 있지만, 당장은 그렇게 느껴지지 않는다. 나중에야 (지금 내가 생각하는 것처럼) 그렇게 생각하게 된다. 아마도, 예를 들자면, 생명이라 할 수 있을 무언가 때문일 것이다. 혹은 책의 생명에 대한 해답, 말, 외침, 소리 없는 절규, 그러니까 세상 모든 사람들이 소리 없이 내뱉는 끔찍한 절규의 생명에 대한 해답 때문일 것이다.

우리 주변에서 모든 것이 쓴다. 결국에는 그것을 깨달아야 한다. 모든 것이 쓴다. 파리도, 그렇다, 파리도 벽 위에 쓴다. 그 파리는 넓은 그곳, 연못의 물 때문에 굴절된 빛 아래서 많이 썼다. 파리가 쓴 글이 한 페이지를 가득 채울 수 있을 테고, 그것 또한 글쓰기일 것이다. 글이 될 수 있으니까, 이미 글이다. 어쩌면 앞으로 다가올 오랜 세월 중에, 언젠가, 누군가 파리가 쓴 글을 읽게 될 것이다. 그것을 해독하고, 번역할 것이다. 그리고 읽을 수 없는 시(詩)의 광활함이 하늘에 펼쳐질 것이다.

하지만 그럼에도 불구하고, 이 세상 어디에선가 사람들이 책을 쓰고 있다. 누구나 그렇다. 나는 그렇게 생각한다. 그렇다고 확신한다. 예를 들어 모리스 블랑쇼(Maurice Blanchot)가 그렇다. 광기가 그의 주위를 맴돈다. 광기 역시 죽음이다. 조르주 바타유(Georges Bataille)는 다르다. 바타유는 왜 자유로운 사고, 광기의 사고를 피해 있었을까? 잘 모르겠다.

파리 이야기를 좀 더 하고 싶다.

흰색의 벽 위에서 죽어 가던 파리가 아직도 눈에 선하다. 처음에는 햇빛 속에서, 다음에는 굴절되어 타일 바닥에서 올라오는 어두운 빛 속에서였다.

쓰지 않을 수도, 파리를 잊어버릴 수도 있다. 보고 말 수도 있다. 무(無)로 이루어진 미지의 하늘 속에 자리를 남기면서, 끔찍하리만치 발버둥 치던 파리를 그냥 보기.

됐다, 이제 끝이다.

이제 사소한 것에 대해 말하겠다.

사소한 것에 대해.

노플르샤토의 집들에는 모두 사람이 살고 있다. 겨울에는 상황이 조금 다르지만, 그래도 일상적인 주거지다. 흔히 그렇듯이 여름에만 머무는 집들이 아니다. 노플의 집들은 일 년 내

내 열려 있고, 일 년 내내 사람이 머문다.

노플르샤토의 이 집에서 중요한 건 창문이다. 정원을 향해, 그리고 집 앞쪽에 파리로 가는 길을 향해 난 창문들. 내 책의 여인들이 지나가는 길.

거실로 쓰던 방에서 잠을 잘 때도 많았다. 사실 나는 오랫동안 침실이 인습적인 공간이라고 믿었다. 그런데 그 방에서 일을 하며 깨달았다. 침실은 다른 방들과 마찬가지로, 심지어 위층에 비어 있는 방들과 똑같이, 필수적인 공간이다. 거실에 놓인 거울은 이전에 살던 사람들 것이다. 그대로 두고 갔다. 피아노는 집을 사고 나서 곧바로, 거의 같은 값에 샀다.

백 년 전만 해도 이 집 옆은 가축들이 연못으로 물을 마시러 가던 길이었다. 지금 그 연못은 내 정원의 일부다. 이제 가축들은 없다. 아침에 짜던 신선한 우유 역시 이 마을에선 끝난 일이다. 백 년 전의 일이다.

이 집에서 영화를 찍는 동안에는 정말로 다른 집이 된다.[35] 이전에 다른 사람들이 살던 때의 모습이 된다. 고독하고 매력적인 집은, 한순간, 여전히 다른 사람의 소유인 다른 집이 된 것 같다. 이 집이 다른 사람의 소유가 되는 끔찍한 일이 일어난 것 같다.

35 뒤라스는 노플르샤토의 집에서 영화를 촬영하기도 했다. 「나탈리 그랑제(Nathalie Granger)」(1972)가 대표적이다.

과일, 채소, 가염 버터, 이런 것들을 신선하게 보관하는 곳…… 그런 방이 있었다. 그늘지고 시원한…… 그러니까 '식량 보관실', 그렇다, 맞다. 정확한 이름이다. 전쟁 때 비상식량을 안전하게 보관하는 곳.

원래 있던 식물들은 지금 현관 쪽 창문틀에 놓여 있다. 스페인 남쪽에서 온 제라늄 로사. 동방의 향기가 난다.

이 집에서는 꽃을 절대 버리지 않는다. 그저 습관이다. 의무는 아니다. 시든 꽃도 그대로 둔다. 사십 년 동안 유리병에 넣어 둔 장미 꽃잎들도 있다. 여전히 분홍빛이다. '마른' 그리고 '분홍빛인' 꽃잎들.

문제는 석양이다. 일 년 내내. 여름이나 겨울이나 마찬가지다.

첫 석양, 여름의 석양이 있다. 그때는 실내에 불을 켜지 말아야 한다.

그리고 진짜 석양, 겨울의 석양. 석양을 피하느라 덧창을 닫을 때도 있다. 그리고 의자들. 여름에는 밖에 꺼내 놓는다. 테라스, 여름이면 늘 그곳에서 시간을 보낸다. 낮에 찾아오는 친구들과도 거기서 이야기를 나눈다. 그렇다, 그렇게 자주 이야기를 나눈다.

겨울, 삶, 불의(不義)는 매번 슬프다. 비극적이지는 않다.

어느 날 아침 불현듯 찾아오는 절대적인 공포.

그냥 그렇다, 슬프다. 세월이 흘러도 익숙해지지 않는다.

이 집에서 제일 힘든 건, 나무들 걱정이다. 늘 그렇다. 매번 그렇다. 천둥 번개와 함께 폭우가 쏟아질 때 그렇다. 이곳엔 폭우가 잦고, 나무들이 있으니, 나무들이 걱정된다. 갑자기 나무들 이름이 생각나지 않는다.

저녁 땅거미는 작가를 둘러싼 모든 사람이 하루 일과를 끝내는 시간이다.

도시든 시골 마을이든 어디서나, 작가들은 혼자인 사람이다. 어디에서나, 언제나, 계속 그랬다.

빛이 끝나면, 온 세상의 일이 끝난다.

나에게는 그렇게 느껴지지 않는다. 그때는 하루 일과가 끝나는 시간이 아니라 시작되는 시간이다. 작가에게는 자연의 가치가 뒤집히는 것이다.

작가들이 하는 또 다른 일은 때로 수치심을 불러일으키는, 대부분 정치적으로 격렬한 유감을 야기하는 일이다. 그러고 나면 그 무엇으로도 달랠 수 없는 상태가 된다. 그리고 경찰견들처럼 사나워진다.

이곳에서는 육체노동에서 분리된 느낌이다. 적응하고 익

숙해져야 하는 느낌이고, 그 어떤 것도 맞설 수 없다. 노동의 세계라는 지옥과 불의, 그것은, 눈물 나게도, 영원히 지배를 이어 갈 것이다. 공장이라는 지옥, 공장주의 멸시와 불의라는 끔찍함, 자본주의 체제와 그로부터 파생되는 온갖 불행이라는 끔찍함, 멋대로 프롤레타리아를 부리면서 실패의 원인을 프롤레타리아에게 돌리고 성공의 원인은 프롤레타리아와 나누지 않아도 되는 부자들의 권리. 정말 알 수 없는 일은 어째서 프롤레타리아들이 그것을 받아들이는가다. 이런 식으로 오래 지속될 수 없으리라고 믿는 사람들이 많고, 매일매일 더 많아지고 있다. 우리 모두의 힘으로 얻어 낸 것이 있다. 그러니까, 그들의 수치스러운 텍스트를 새롭게 읽어 냈다. 그렇다, 바로 그것이다.

더 강조하지는 않겠다. 이제 끝내려 한다. 내가 말하는 것은 모두가, 그것을 어떻게 살아 낼지 모른다 해도, 모두가 느낀 것이다.

가장 큰 불의의 기억은 흔히 일을 마친 뒤에 떠오른다. 반복되는 삶의 일상성 말이다. 그것은 오전이 아니라 저녁에 집에까지, 우리에게까지 온다. 그렇지 않다면, 우리는 아무것도 아니다. 정말, 아무것도 아니다. 언제나 어느 마을에서나 다 알게 되는 일이다.

밤이 시작되는 즈음, 해방의 시간이다. 밖에서 일이 끝날 때다. 우리에게는 밤에 글을 쓸 수 있다는 사치가 남아 있다. 몇 시든 상관없이 쓸 수 있다. 그 어떤 것도 우리를 통제하지 못한다. 규칙, 일정표, 지휘관, 무기, 벌금, 모욕, 경찰, 고위직 인사들…… 내일의 파시즘을 품은 암탉들.

부영사의 투쟁은 순진한 투쟁인 동시에 혁명적인 투쟁이다.

그것이 이 시대의, 모든 시대의 가장 큰 불의다. 살면서 그러한 불의 때문에 단 한 번도 눈물 흘리지 않는다면, 그 어떤 것에 대해서도 눈물 흘릴 수 없다. 절대 울지 않는 것은 사는 것이 아니다.

울기, 우는 일도 일어나야 한다.

울 필요가 없다 해도, 울어야 한다. 절망은 만져지기 때문이다. 그것은 남는다. 절망의 기억은 남는다. 때로 그것은 죽인다.

쓰기.

나는 못 한다.

그 누구도 하지 못 한다.

정말이다. 아무도 못 한다.

그런데 쓴다.

우리는 자기 안에 미지의 인간을 품고 있다. 그렇게 쓰기에 이르는 것이다. 그렇거나 아니면 아무것도 아니다.

쓰여진 글도 병이 들 수 있다.

내가 하려는 말은 간단하지 않다. 하지만 나는 우리가, 만국의 동지들이, 모두 헤쳐 나가리라 믿는다.

각자 내면에 쓰려는 광기, 쓰려는 격앙된 광기가 있다. 하지만 그렇다고 광기에 빠지는 것은 아니다. 전혀 아니다.

글쓰기는 미지의 존재다. 쓰기 전에는 쓰게 될 것에 대해 아무것도 모른다. 그리고 온전히 명료한 정신이다.

글쓰기는 자기 자신이, 자기 머리가, 자기 몸이 알지 못하는 미지의 존재다. 글쓰기는 성찰도 아니다. 그것은 자신 곁에, 자신과 나란히, 그렇게 가지고 있는, 다른 사람의 능력이다. 다른 사람, 사유와 분노를 품은, 스스로의 행동으로 인해 생명을 잃을 수도 있는 그 사람이 나타나서, 앞으로 나아간다.

쓰기 전에 쓰게 될 것에 대해 알 수 있다면 절대 글을 쓰지 않을 것이다. 쓸 필요가 없을 것이다.

쓴다는 것은, 정말 쓰게 된다면 무엇을 쓰게 될지 쓰고 난 이후에만 알 수 있는 것을 알아보는 일이다. 쓰기 전에는 가장 위험한 질문이다. 하지만 가장 흔히 던지는 질문이기도 하다.

글은 바람처럼 온다. 아무것도 걸치지 않았고, 잉크이고, 쓰인 것이다. 그리고 다른 무엇과도 다르게, 삶 자체가 아닌 그 무엇과도 다르게, 삶을 지나간다.

젊은 영국인 조종사의 죽음

처음, 이야기의 시작.

내가 이제 하려는, 처음으로 하려는 이야기. 여기, 이 책의 이야기.

글이 나아가는 방향이리라. 그렇다. 글은 누군가를 향하고, 예를 들면, 그대, 내가 아직 그대에 대해 아무것도 알지 못하는 채로, 글은 그대를 향한다.

그대, 독자를 향한다.

도빌 근처, 바다에서 몇 킬로미터밖에 떨어지지 않은 어느 마을에서 일어난 일이다. 그 마을의 이름은 보빌이다. 칼바도스 지방이다.

보빌.

그렇다. 표지판에 그렇게 적혀 있다.

내가 처음 보빌에 간 것은 트루빌에서 친하게 지내던 상인들의 권유 때문이었다. 그녀들이 알려 주었다. 보빌에 가면 아주 아름다운 작은 성당이 있다고. 그래서 그날 나는, 지금부터 하려는 이야기를 알지 못한 채로, 그곳 성당에 갔다.

성당은 정말로 아름다웠고, 경탄스럽기까지 했다. 오른쪽으로 19세기의 작은 묘지가 있었다. 고결한, 화려한, 아름답게 장식된 묘지는 페를라셰즈[36]를 떠올리게 했다. 마치 오랜 세월의 한가운데 멈춰 선 듯, 움직임을 멈춘 축제의 한 장면인 듯했다.

성당 너머 반대편 쪽, 바로 그곳에, 전쟁 마지막 날에 죽은 젊은 영국인 조종사가 잠들어 있다.

잔디밭 가운데, 무덤 하나가 있다. 완전히 반들반들해진 밝은 회색의 화강암 묘비 하나. 처음엔 눈에 들어오지 않았다. 이야기를 알고 나서야 그 묘비가 보였다.

영국의 아이였다.

스무 살이었다.

36 파리에서 가장 큰 묘지의 이름이다.

묘석에 이름이 새겨져 있다.

처음엔 '젊은 영국인 조종사'라고 불렸다.

부모가 없는 아이였다. 런던 북쪽 지방의 고등학생. 영국의 많은 젊은이들이 그랬듯이 군대에 지원한 아이였다.

세계대전 막바지였다. 어쩌면 마지막 날, 아마 그랬을 것이다. 젊은 영국인 조종사는 독일군 포대를 공격했다. 그냥 장난이었다. 그렇게 독일군 포대를 공격했고, 독일군의 반격을 받았다. 독일군은 그 아이에게 포탄을 쏘았다. 스무 살 아이.

아이는 비행기에서 탈출하지 못했다. 1인승 메테오르[37]였다.

그렇다. 비행기에서 탈출하지 못했다. 비행기는 숲속의 어느 나무 위로 추락했다. 그리고 아이는 그날 밤, 삶의 마지막 밤인 그 밤에, 그곳에서 죽었다. 보빌 사람들은 그렇게 믿고 있다.

보빌 사람 모두가 숲속으로 와서 하룻낮과 하룻밤 동안 주검을 지켰다. 먼 고대에 그랬던 것처럼, 그때 했었을 것들을 그대로 했다. 촛불을 들고, 기도를 하면서. 노래를 부르면서,

37 영국 글로스터사(社)가 제작하고 2차 세계대전 중 실전에 배치되었던 연합군 전투기 '미티어(Meteor)'의 프랑스어 발음이다.

눈물을 흘리며, 꽃을 바치며, 그의 주검을 지켰다. 그리고 마침내 그의 몸을 비행기 밖으로 꺼낼 수 있었다. 비행기도 나무에서 끌어내렸다. 길고 힘든 일이었다. 그의 몸은 뒤엉킨 강철과 나무 사이에 끼어 있었다.

마을 사람들이 그를 나무에서 내렸다. 아주 오래 걸렸다. 밤이 거의 끝날 무렵에야 끝났다. 그들은 비행기에서 꺼낸 몸을 묘지로 옮겼고, 곧바로 무덤을 팠다. 그리고 이튿날, 밝은색 화강암 묘비를 샀다.

이것이 이야기의 시작이다.

젊은 영국인 아이는 아직도 그곳에, 그 무덤 속에 있다. 화강암 묘비 아래.

젊은 영국인 병사가 죽은 이듬해 누군가 찾아왔다. 꽃을 들고 왔다. 노인이었고, 영국인이었다. 영국인 노인은 아이의 무덤에서 울었고, 기도했다. 자기는 아이가 다니던 런던 북쪽 어느 학교의 교사라고 했다. 그가 아이의 이름을 알려 주었다.

아이에게 부모가 없다는 것도 알려 주었다. 기별해야 할 사람이 없었다.

노인은 해마다 찾아왔다. 팔 년 동안.
화강암 묘비 아래서 죽음은 계속 영원 속으로 옮겨 갔다.

언젠가부터 그가 오지 않았다.

이제 이 땅에서 그 누구도 아이의 존재를, 그 엉뚱한 야생의 아이, 미친 아이의 삶을 추억하지 않았다. 더러는 그 아이가 혼자서 세계대전을 이긴 거라고 말했다.

그 이후 마을 사람들만이 무덤을, 무덤의 꽃을, 무덤의 회색 묘비를 기억하고 돌보았다. 아마 첫 몇 년 동안은 그곳 사람들 외에는 이 일을 아는 사람조차 없었을 것이다.

늙은 교사가 아이의 이름을 알려 주었다. 그 이름이 무덤 위에 새겨졌다.

W. J. 클리프.

아이 이야기를 할 때마다 늙은 교사는 울었다.

여덟 번째 해에 그는 오지 않았다. 그 이후 다시 오지 않았다.

나의 작은 오빠는 일본과 전쟁 중일 때에 죽었다.[38] 무덤도 없이 죽었다. 공동 묘혈 속으로, 방금 전에 던져진 다른 시체들 위로 던져졌다. 생각하면 너무 끔찍하고 너무 잔혹해서 참

38 프랑스 식민지이던 베트남에서 유년기를 보낸 뒤라스는 1932년 열여덟 살에 혼자 프랑스로 돌아왔다. 그리고 십 년 뒤인 1942년에 작은 오빠 폴(Paul, '폴로'라는 애칭으로 불렸다.)이 일본에 점령당한 베트남에서 폐렴을 앓다가 사망했다는 소식을 듣는다.

을 수가 없다. 직접 겪어 보지 않고는 가늠할 수조차 없다. 시체가 된 몸들이 뒤섞인 게 아니다. 절대 그렇지 않고, 그 몸이, 수북이 쌓인 다른 몸들 속으로 던져진 것이다. 그의 몸, 바로 그의 몸이 죽은 이들의 구덩이 속에, 아무 말 없이, 한마디도 없이, 던져진 것이다. 죽은 이들을 위한 기도 외에는 단 한 마디도 없이.

젊은 영국인 조종사는 달랐다. 마을 사람들이 그의 무덤을 둘러싸고 무릎을 꿇었고 성가를 부르며 기도해 주었다. 그렇게 밤새도록 마을 사람들이 지켜 주었다. 그 모습을 생각할 때, 폴로의 시신이 누워 있는 사이공 근교의 공동 묘혈이 떠올랐다. 하지만 지금은 무언가가 더 있는 것 같다. 언젠가, 오랜 뒤에, 한참 더 지난 뒤에, 잘은 모르겠지만, 아니 이미 알고 있는데, 그렇다, 아주 한참 뒤에, 진짜로, 그의 몸 한 부분을, 예를 들어 그의 눈 깊숙한 곳에 멈춘 미소, 내가 알아볼 수 있을 그 미소 같은 것을 되찾게 될 것이다. 폴로의 눈. 그 속에는 나의 작은 오빠 폴로 그 이상이 들어 있다. 젊은 영국인 조종사의 죽음, 그것이 이토록 개인적인 사건이 된 것을 보면, 분명 그 안에는 내가 생각하는 것 이상이 들어 있다.

그게 무엇인지 절대 알지 못할 것이다. 모두가 알지 못할 것이다.

그 누구도.

우리의 사랑 역시 떠오른다. 작은 오빠의 사랑, 그리고 우리의, 작은 오빠와 나의 아주 강렬한 사랑, 감추어진, 죄가 되는, 매 순간의 사랑. 죽음 이후에도 여전히 아름답다. 죽은 영국 젊은이는 모두였으며 동시에 오직 그였다. 모두이면서 오직 그. 하지만 모두는 우리를 울리지 않는다. 죽은 영국 아이를 보고 싶었다. 얼굴도 모르지만 정말 그가 맞는지, 눈이 없어진 몸의 끝에 있는 그 구멍을 확인하고 싶고, 그의 몸을, 메테오르의 강철에 찢긴 죽은 얼굴을 확인하고 싶었다.

뭔가 볼 수 있었을까? 그렇지 않았으리라. 내가 글로 쓸 수 있으리라고는 단 한 순간도 생각하지 못했다. 내 일이었으니까. 독자들이 아니라 나와 관련된 일이었으니까. 폴로, 오빠가 바로 나의 독자야. 정말이야, 내가 오빠에게 말하고 있고, 오빠에게 쓰고 있으니까. 작은 오빠는 내 일생의 사랑이고, 큰 오빠에 대한 우리의 분노를 지켜 냈어. 우리의 유년기, 오빠의 유년기 내내 지켜 냈어.

무덤은 혼자다. 그의 삶이 혼자였던 것처럼. 무덤은 죽음의 나이를 지니고…… 어떻게 말해야 할까…… 모르겠다…… 잔디의 상태 그리고 정원의 상태를 보면…… 옆에 다른 묘지도 있다. 하지만 진정, 어떻게 말해야 할까? 잔디밭 위쪽에 있는 무덤, 태어나서 여섯 달 만에 죽은 아이의 무덤과 여기 이 스무 살 아이를 어떻게 이어 줄 수 있을까? 둘 다 여전히 그 자리에 있다. 그 둘의 이름 그리고 그 둘의 나이. 두 아이는 혼자다.

나중에 다른 것이 보였다. 우리는 늘 나중에야 보게 된다.

가지가 잘린 채로, 역시 죽은 채로, 그렇게 들판에 서 있는 검은 나무들, 그 나무들 사이로 하늘을, 그 하늘에 떠 있는 해를 보았다. 나무들은 여전히 검었다. 마을의 초등학교도 있었다. 아이들의 노랫소리가 들렸다. "널 절대 잊지 않을게."[39] 널 위해. 혼자인 너를. 이 모든 것의 기원에는 바로 그 누군가, 그리고 그 아이, 나의 아이, 나의 작은 오빠, 그리고 다른 사람, 영국의 아이가 있었다. 모두 같다. 죽음은 또한 세례다.

이곳에서는 누구인지 신원 따윈 상관없다. 그저 죽은 사람, 스무 살의 죽은 아이다. 세상이 끝나는 날까지 영원히 그럴 것이다. 더 이상 이름은 필요하지 않다. 그냥 아이였다.

그거면 된다.

그거면 된다. 스무 살 아이, 전쟁의 마지막 사망자인 그 아이의 인생에서 그 지점이면 된다.

죽음은 어떤 죽음이든 죽음이다. 스무 살 아이는 누구든 스무 살 아이다.

더 이상 아무나의 죽음이 아니다. 한 아이의 죽음이다.

아무나의 죽음은 온전한 죽음이다. 아무나는 모든 사람이다. 그 아무나가 여전히 아이라는 잔혹한 형태일 수 있다. 마

39 프랑스의 동요 「맑은 샘물가에서(A la claire fontaine)」의 가사.

을에서 모두가 아는 일이다. 나도 농부들한테 들었다. 그 사건, 전쟁 중에 장난처럼 한 일 때문에 스무 살의 젊은이가 죽음을 맞이한, 그 무자비한 사건.

아마도 그 때문에 그 아이, 젊어 죽은 영국인 조종사는 스무 살이라는 끔찍하고 잔혹한 나이에 못 박힌 채로, 그대로 남았으리라.

마을 사람들, 특히 성당을 지키는 늙은 여자와 친구가 되었다.

죽은 나무들이 있다. 불변의 무질서 속에 그대로 멈춰 선, 미친, 바람도 더 이상 손대지 않는 나무들. 순교자들. 온전한 모습으로 서 있다. 검은색이다. 불에 타서 죽은 나무들의 검은 피 때문이다.

나에게, 지나는 행인인 나에게, 스무 살에 죽은 영국 아이는 성스러워졌다. 나는 그곳을 지날 때마다 그 아이를 기리며 울었다.

해마다 찾아와서 무덤 앞에서 눈물짓던 늙은 영국인 교사, 그와 인사하고 아이에 대해 얘기를 나누었다면, 아이가 어떻게 웃었는지, 아이의 눈이 어땠는지, 아이가 무얼 하고 놀았는지 얘기를 나누었다면 좋았으리라.

죽은 아이를 마을 전체가 책임졌다. 마을 사람들은 그 아이를 더없이 사랑했다. 전쟁의 아이, 그의 무덤에는 꽃이 끊이지 않을 것이다. 알 수 없는 일도 있다. 그 일이 끝나게 될 날의 날짜.

이곳 보빌에서, 미친 거지 여자의 노래가 다시 떠오른다.[40] 아주 단순한 노래. 미친 사람들이 부르는 노래, 모든 미친 사람들, 어디서나, 아무도 관심 갖지 않는 미친 사람들이 부르는 노래. 손쉬운 죽음의 노래. 굶주림으로 죽은 이들, 길에서 죽은 이들, 구덩이에 던져진 이들, 개와 호랑이와 독수리와 늪의 거대한 쥐한테 반쯤 삼켜진 이들의 노래.

제일 참기 힘든 것은 엉망이 된 얼굴, 살갗 그리고 뽑혀 나간 눈이다. 시각을 잃어버린 눈, 시선이 사라진 눈. 멍하니 고정된 눈. 허공을 향하는 눈.

스무 살이다. 나이, 나이의 숫자가 죽음에서 멈추었고, 그때 스무 살이었으니 영원히 스무 살일 것이다. 알 수 없다. 본 적이 없다.

영국인 아이에 대해 쓰고 싶었다. 그런데 더 이상 쓸 수가 없다. 그런데도 나는 쓴다. 보다시피, 그럼에도 불구하고, 쓰고 있다. 그것이 써질 수 있는지 알지 못한다고 쓰고 있다. 줄거리를 가진 이야기가 아님을 알고 있다. 날것의, 고립된 사

40 뒤라스가 유년 시절에 빈롱에서 본 "미친 거지 여자"는 이후 『부영사』를 비롯한 뒤라스의 소설들에서 중요한 모티프로 등장한다.

실, 아무런 반향도 없는 사실이다. 사실들이면 충분하리라. 사실들을 이야기하리라. 늘 찾아와서 울던 노인, 팔 년 동안 찾아오던 노인, 언젠가부터 오지 않는 노인. 다시는 오지 않으리라. 그 역시 죽은 걸까? 그럴 것이다. 이제 이야기는 영원히 끝날 것이다. 아이의 피, 아이의 눈, 죽음으로 색깔을 잃은 입가에 그대로 고정된 미소도 끝날 것이다.

학교에서 아이들이 노래한다. 오래전부터 그를 사랑했다고.[41] 스무 살 아이, 절대 그 아이를 잊지 않았다고. 매일 오후 아이들이 그 노래를 부른다.

나는 운다.

학교에서 노래하는 아이들의 눈 빛깔과 똑같은 푸른색의 노을이 졌다.

푸른빛이 하늘에 번졌다. 바다 빛깔과 똑같은 푸른빛이다. 이미 죽은 나무들도 있었다. 하늘도 있었다. 나는 하늘을 바라보았다. 하늘은 그 느림으로, 매일매일의 무심함으로 세상 모든 것을 덮어 버린다. 헤아릴 수 없음.

장소들이 서로 이어져 보인다. 숲의 연속성은 예외다. 그것은 사라졌다.

41 "오래전부터 널 사랑했어. 널 절대 잊지 않을게."는 앞에 나온 동요 「맑은 샘물가에서」의 후렴구다.

문득, 더는 되돌아가고 싶지 않았다. 또 울었다.

어디에서나 그 죽은 아이가 보였다. 전쟁에서 장난을 치다가, 장난삼아 바람이 되려 하다가, 영웅적이고 아름다운 스무 살 영국인이 되려다가 죽은 아이. 행복해지는 장난을 하다가 죽은 아이.

아이야, 네가 보이는구나. 그 아이. 새처럼 죽은, 영원한 죽음을 죽은 아이. 더디게 다가오는 죽음, 비행기의 강철에 찢긴 몸의 고통. 아이는 빨리 죽게 해 달라고, 고통을 끝내 달라고 신께 애원했다.

그 아이의 이름은 W. J.였다. 클리프, 그렇다. 회색 화강암에 그렇게 쓰여 있다.

교회 마당을 가로질러 같은 울타리 안에 있는 초등학교 쪽으로 가야 한다. 고양이들, 그 얼빠진 미치광이들이 있는 곳, 놀라울 정도로, 잔인하도록 아름다운 고양이 떼가 있는 곳이다. '대모갑'[42]이라 불리는 고양이들은 붉은 불꽃과 피의 빛깔로 노랗고, 희고, 검다. 독일군 폭격의 그을음으로 영원히 검어진 나무들처럼 검다.

묘지를 따라 강이 흐른다. 그리고 아이가 잠든 자리 저편

42 붉은색(오렌지색)과 검은색 계열의 색채가 섞인 얼룩 고양이로, 거북 등껍질처럼 털이 반질거려서 대모갑 고양이라고 불린다.

멀리 죽은 나무들이 있다. 불에 탄 나무들이 바람을 맞으며 외친다. 아주 큰 소리로 외친다. 세상 마지막 날, 전부 쓸어 내는 날카로운 비질 소리 같다. 듣고 있으면 겁이 난다. 그러다가, 갑자기, 소리가 멈춘다. 무슨 소리였는지 미처 알 틈도 없다. 아무런 이유가 없었던 것 같다. 아무런 이유도 없었다. 그러고 나면 농부들이 말한다. 아무것도 아니라고, 나무의 상처가 숯이 되어 수액 속에 간직되어 있기 때문이라고.

성당 내부는 무척 아름답다. 하나하나 알아볼 수 있다. 꽃은 꽃이고, 식물들, 색깔들, 제단들, 수놓은 장식들, 장식 융단들, 모두 그렇다. 너무도 아름답다. 날씨가 나빠서 찾아오지 않은 연인들을 기다리며 잠시 비어 있는 방이랄까.

그런 강렬한 감정이 일면 어디엔가에 이르고 싶어진다. 아마도 밖으로부터 쓰기, 밖에서 보이는 대로 묘사하기, 그 자리에 있는 것만을 묘사하기. 그 어떤 것도, 아무리 대수롭지 않은 것이라도 지어내자 말기. 그 어떤 것도 절대 지어내지 말기. 죽음을 따라가지 말기. 그러니까 죽음을 그대로 두기. 절대로, 이번 한 번만, 그쪽을 쳐다보지 말기.

마을로 이어지는 길은 아주 오래된 옛길이다. 선사 시대부터 있었다. 원래부터 있었다고도 한다. 미지의 세계로, 오솔길과 샘과 바다의 세계로 가기 위해서, 혹은 늑대를 피하기 위해서 지나야 했던 길.

죽음이라는 사실로 인해 그렇게까지 동요한 적은 없었다.

나는 완전히 사로잡혔다. 빠져나올 수가 없었다. 이제는 그 근처에도 가지 않는다. 끝났다. 더 이상 가지 않는다.

보빌, 그 돌차기 놀이가 남아 있다. 몇몇 무덤 위에 끝내 읽어 내지 못한 이름들이 남아 있다.

숲, 매해 바다를 향해 무성해져 가는 숲이 남아 있다. 그을음 때문에 여전히 검은, 다가올 영원의 시간을 맞이할 숲.

죽은 아이는 전쟁을 하는 병사이기도 했다. 프랑스 병사일 수도 있었다. 혹은 미국인 병사일 수도 있었다.

상륙[43] 해안에서 십팔 킬로미터 떨어진 곳이다.

마을 사람들은 그 아이가 영국의 북부 출신이라는 사실을 알았다. 영국인 노인이 그 아이에 대해 말해 주었다. 노인은 아이의 아버지가 아니었다. 아이는 부모가 없었다. 아이를 가르친 교사였거나 죽은 부모의 친구였을 것이다. 노인은 아이를 사랑했다. 아들만큼 사랑했다. 어쩌면 연인만큼 사랑했을 것이다. 노인이 아이의 이름을 알려 주었다. 그 이름은 밝은 회색의 묘비에 새겨졌다. W. J. 클리프.

나는 아무 말도 할 수 없다.

43 2차 세계대전 중의 노르망디 상륙 작전을 말한다.

나는 아무것도 쓸 수 없다.

쓰이지 않은 것의 글이 있으리라. 언젠가 나타날 것이다. 문법이 필요 없는 짧은 글, 단어들만으로 된 글. 받쳐 줄 문법이 없는 말들. 길 잃은 말들. 쓰여 있는 말들. 그리고 곧 버려지는 말들.

젊은 영국인 조종사의 죽음을 기리던 의식에 대해 이야기하고 싶다. 나도 어느 정도 상세히 알고 있다. 그 의식을 위해 마을 사람 모두가 함께했다. 그들은 전례 없는 놀라운 자발성을 발휘해서 그 일을 해냈다. 그 무덤이 허가도 없이 만들어졌음을 알고 있다. 보빌의 시장은 개입하지 않았다. 그리고 또 한 가지를 알고 있다. 보빌 사람들은 그 아이를 기리며 일종의 장례 의식을 치렀다. 울음과 사랑 노래가 이어진 자유로운 축제 같은 장례였다.

마을 사람 모두가 아이의 이야기를 안다. 아이를 찾아오던 늙은 교사 이야기도 안다. 하지만 그들은 전쟁에 대해서는 더 이상 이야기하지 않는다. 그들에게 전쟁은 바로 스무 살에 목숨을 잃은 그 아이였다.

죽음이 마을 전체를 지배했다.

여자들이 울었다. 울지 않을 수가 없었다. 그렇게 젊은 조종사가 세상을 떠난다. 진짜 죽음으로 죽는다. 만일 마을 사람들이 그 죽음을 찬양했다면 다른 이야기가 되었을 것이다. 여자들은 숭고하리만치 조심스럽게 교회 저편에, 그때까지 무덤이 없던 자리에 무덤을 만들었다. 그곳에는 여전히 그의 무덤밖에 없다. 미칠 듯이 거센 바람이 미치지 않는 자리다. 여자들이 몸을 옮겼고, 씻겼고, 그 자리에, 무덤 속에, 밝은색 화강암 묘비의 무덤에 넣었다.

여자들은 이 모든 일에 대해 아무 말도 하지 않았다. 만일 내가 그때 같이 있었다면, 마을 여자들과 함께 그 일을 했다면, 아마 나는 쓰지 못했을 것이다. 그러니까, 그 일이 나 자신의 일이라는, 믿기 어려울 정도로 강렬했던 그 감정이 일지 않았을 것이다. 아직도 혼자일 때면 그 감정이 되살아난다. 아직도 전쟁의 마지막 사망자가 된 그 아이의 죽음을 생각하며 혼자 운다.

절대 사라지지 않을 사실. 그러니까, 전쟁이 끝나는 바로 그날 독일군 대공포에 격추되어 죽음을 맞은 스무 살 아이의 죽음.

스무 살. 그의 나이다. 그러니까, 그 아이는 스무 살이었다. 신 앞에서 영원히 스무 살일 것이다. 신이 존재하든 않든, 그 아이가 바로 신이 될 것이다.

스무 살이라고 말할 때, 끔찍하다. 제일 끔찍한 게 스무 살이라는 나이다. 스무 살 아이가 잠든 그 자리에서 내가 느끼는 고통은 범속한 것이다. 신기하게도, 그 아이와 관련하여 그 누구도 신을 생각하지 않았다. 신이라는 쉬운 말, 세상의 모든 말 중에 가장 쉬운 말을 아무도 꺼내지 않았다. 노르망디의 숲, 바다처럼 아름다운 그 숲 위를 메테오르로 날며 전쟁놀이를 하던 스무 살 아이를 땅에 묻는 동안, 그 누구도 신이라는 단어를 입 밖에 내지 않았다.

그 사실에 버금가는 것은 없다. 세상에는 그런 사실들이 많다. 벌어진 틈. 거기서 이 사건이 보였다. 아이가 전쟁놀이를 하다가 죽은 것도 보였다. 아이의 죽음을 둘러싼 모든 것이 명료하다.

아이는 기분이 좋았다. 숲을 벗어나는 게 좋았다. 독일군은 보이지 않았다. 하늘을 나는 게, 사는 게, 독일군 병사들을 죽이고자 결심했다는 게 좋았다. 다른 아이들 모두 그랬듯이, 전쟁에 참여하는 게 좋았다. 그 아이는 죽고 나서도 계속 다른 아이로 남았다. 스무 살의 누구나였다. 밤에, 죽음을 맞은 첫 밤에 멈췄다. 영국군 조종사는 프랑스 마을의 아이가 되었다.

아이는 이곳에서, 자기를 바라보는 보빌 사람들 앞에서 죽음을 맞았다.

이 책은 책이 아니다.

노래가 아니다.

시도 아니다. 사념도 아니다.

눈물이고, 고통이고, 울음이고, 절망이다. 멈출 수도 이치를 따질 수도 없다. 신에 대한 믿음만큼이나 강한 정치적 분노다. 그보다 더 강하다. 그리고 끝이 없기에, 더 위험하다.

우뚝 솟은 나무 제일 높은 곳에, 십자가에 못 박히듯 비행기 동체에 낀 채로 죽음을 맞은 아이를 본 사람들에게, 그 각자에게, 전쟁에서 죽은 아이는 또한 비밀이었다.

그 일에 대해 쓸 수 없다. 혹은, 모든 일에 대해 쓸 수 있다. 동시에 모든 것에 대해 쓰기, 그것은 쓰지 않는 것이다. 그것은 아무것도 아니다. 견딜 수 없다. 광고나 마찬가지다.

다시 학교에서 아이들의 노랫소리가 들린다. 보빌의 아이들이 부르는 노래. 감내할 수 있어야 하는 것. 하지만 여전히 힘겹다. 나는 아이들이 그 노래를 부를 때마다 울었다. 지금도 운다.

젊은 영국인 조종사의 무덤을 보러 오는 사람들이 줄었다. 무덤은 주변 경관과 함께 여전히 눈에 들어온다. 하지만 이미 우리로부터 멀어져서 영원성으로 다가간다. 무덤의 영원성은 세상을 떠난 그 아이를 통해 그렇게 이어질 것이다.

교회 주변의 장소들을 지나서 아이의 무덤으로 갈 수 있다. 그곳에서는 여전히 무언가가 일어나고 있다. 그 사건이 있은 뒤로 긴 시간이 지났지만, 그곳에, 그의 무덤이라는 사건이 있다. 전쟁에서 죽은 아이의 고독일까? 차가운 화강암 묘비를 어루만지는 손길일까? 모르겠다.

마을은 스무 살 영국 아이의 마을이 되었다. 일종의 순수성이고, 눈물의 사치다. 그의 무덤이 있는 자리를 돌보는 더없는 정성은 영원히 이어질 것이다. 이미 모두 알고 있다.

젊은 영국인 조종사의 영원성, 그렇다, 영원하다. 회색 묘비에 입을 맞출 수 있고, 손으로 만질 수 있고, 기대어 잠들 수 있고, 울 수 있다.

그 단어, 입가에 맴도는 영원성이라는 단어에 기대게 된다. 그것은 미래의 전쟁으로 죽게 될 다른 모든 이를 위한 공동 시체 안치소가 될 것이다.

종교적인 숭배가 태어났을 수도 있다. 신의 자리를 차지한 걸까? 그렇지 않다. 신은 어차피 매일 무엇인가로 대체된다. 신이 없는 적은 없다.

이 이야기를 뭐라 불러야 할지 모르겠다.

모든 것이 그곳에, 평방 몇십 미터의 공간 안에 있다. 죽은 이들이 뒤죽박죽 누운 그곳에, 너무도 인상적인 무덤들의 광채, 그 사치 속에 있다. 죽은 이들의 수를 말하려는 게 아니다. 수로 보자면 이미 다른 곳에, 북독일 평원과 대서양 연안에서 일어난 엄청난 살육의 현장에 퍼져 있다. 아이는 자기 자신으로 남았다. 그리고 혼자다. 멀리, 유럽 전역에 전쟁터가 남아 있다. 이곳은 전혀 다르다. 이곳에는 전쟁에서 죽은 왕, 그 아이가 있다.

그렇다. 또한 왕이다. 그런 죽음을 맞은 아이는 똑같은 죽음을 맞이한 왕만큼이나 혼자다.

무덤의 사진을 찍을 수 있다. 무덤이라는 사실. 이름이라는 사실. 석양. 불에 탄 나무의 검은 그을음. 밤마다 울부짖는 미친 쌍둥이 두 강의 사진을 찍기. 두 강, 잘못 만들어진, 신의 실패작인, 잘못 태어난 그 두 강이 무엇을 쫓아, 무엇 때문에, 마치 굶주린 개처럼 그렇게 매일 밤 서로에게 부딪히고 서로에게 달려드는지 알 수 없다. 어느 곳에서도 본 적 없다. 다른 세계에서 온 듯한 미친 두 강. 고철이 긁히는 소리, 살상의 소리, 무겁게 실어 끌고 오는 소리, 그렇게 어느 바다로, 어느 숲으로 달려들 채비를 한다. 그리고 고양이들, 고양이 떼가 겁에 질려 울부짖는다. 묘지에는 고양이들, 주인 없는 고양이들이 알 수 없는 어떤 사건을, 오직 자신들만이 해독해 낼 수 있는 사건을 엿본다. 길 잃은 고양이들.

죽은 나무들, 풀밭, 가축, 이곳의 모든 것이 보빌의 지는 저녁 해를 바라본다.

장소는, 무척 황량하다. 텅 비어 있다. 그렇다. 거의 비어 있다.

성당을 지키는 여자가 가까이 산다. 그녀는 아침마다 커

피를 마신 뒤에 무덤을 보러 간다. 시골 농부 아낙. 나의 어머니가 스무 살에 파드칼레(Pas-de-Calais)[44]에서 매던 것과 같은 짙푸른 앞치마를 매고 있다.

한 가지 잊었다. 보빌에서 일 킬로미터 떨어진 곳에 새 묘지가 생겼다. 별 볼 일 없다. 꽃가지들이 나무만 하게 크다. 전부 흰색으로 칠해졌다. 그리고 아무도 없다. 안에 아무도 없다. 아니 아무것도 없다. 묘지가 아니다. 뭔지 모르겠다. 차라리 골프장 같다.

중세 이전부터 보빌을 둘러싼 옛길들이 있었다. 지금 우리가 다니는 길은 그 위에 낸 것이다. 수천 년 전부터 있던 산울타리를 따라 이어지는 길, 새로 이곳에서 살아가는 이들을 위한 길. 노르망디에서 가장 오래된 이 길들에 대해 알려 준 사람은 로베르 갈리마르(Robert Gallimard)였다. 해안에서 온 사람들, 북쪽 나라 사람들이 다니던 최초의 길들.[45]

길들의 역사에 대해 쓴 사람들도 많을 것이다.

그렇다 해도 이 장소, 이곳, 이 무덤의 이야기는 할 수 없을 것이다. 하지만 회색 화강암에 입을 맞추고, 그대를 위해 눈물 흘릴 수는 있다. W. J. 클리프.

44 영불 해협에 면한 프랑스 지역이다. 뒤라스의 어머니 마리 르그랑은 파드칼레의 농촌 출신이었다.

45 '노르망디' 지방의 이름에서 '노르망'은 북쪽에서 온 사람이라는 뜻이다.

역방향으로 가야 한다. 쓰기에 대해 말하지 않는다. 쓰인 책에 대해 말하고 있다. 샘에서 출발해서 그 물이 시작된 지층(地層)으로 되짚어가기. 무덤에서 출발해서 그에게, 젊은 영국인 조종사에게로 가기.

이런저런 이야기들이 많이 있지만, 글은 거의 없다.

시 한 편뿐인 것 같고, 그나마도, 무엇을 하려는지…… 더 이상 아무것도 알 수 없다. 심지어, 무엇을 해야 하는지, 그마저도 알 수 없다.

장엄한 진부함들이 있다. 숲, 가난한 사람들, 미친 듯이 흐르는 강, 죽은 나무들, 개처럼 육식성인 고양이들. 붉은 털과 검은 털이 섞인 고양이들.

삶의 순수성, 그렇다, 정말이다, 학교에서 들리는 아이들의 노래 같은 삶의 순수성이 있다.

눈물이 날 정도의 순수성. 그리고 멀리, 옛 전쟁이 있다. 이 마을에서, 혼자, 나무들 앞에, 독일군의 포화에 그을린 순교자 나무들 앞에 서면, 이제는 조각으로 부스러진 옛 전쟁이 있다. 그을음 가득한, 살해당한 나무들의 몸. 아니다, 더 이상 전쟁은 없다. 아이, 전쟁의 아이, 그 아이가 모든 것을 밀어내고 자리를 차지했다. 스무 살 아이, 그 아이가 숲 전체를, 땅 전체를 차지했다. 전쟁의 미래도 차지했다. 전쟁은 아이의 유해와 함께 무덤 속에 갇혔다.

이제 고요하다. 가운데서 빛을 발하는 것은 관념, 스무 살이라는 관념. 전쟁놀이라는 관념, 눈부시도록 환한 빛을 내게 된 그 관념이다. 크리스털.

그런 것들이 아니었다면 글쓰기는 없었을 것이다. 하지만 언제든 울부짖을, 눈물 흘릴 태세로 글쓰기가 버티고 있어도 그것을 쓰지 않는다. 바로 그런 차원의 강렬한 감정들, 지극히 섬세하고 더없이 심오하며 무척이나 육체적인, 또한 본질적인, 전혀 예측할 수 없는 그런 감정들이 삶들을 온전히 육신 안에 품어 부화시킬 수 있다. 그게 바로 글쓰기다. 글의 행렬이 몸을 거쳐 간다. 몸을 관통한다. 바로 그것이 말하기 어려운, 너무도 낯선, 하지만 한순간 우리를 사로잡는 그 감정들에 대해 말하기 위한 출발점이다.

보빌, 이곳 마을이 나의 집처럼 느껴졌다. 나는 매일 찾아가서 울었다. 그러다 어느 날 더 이상 가지 않았다.

운 좋게도 나는 무슨 일에나, 어디에나 끼게 된다. 전쟁이 벌어졌던 자리, 전쟁이 지나가고 난 이 빈 무대에 있게 된, 사념이 확장될 수 있게 된 바로 그 행운으로, 나는 글을 쓴다. 그렇게 아주 서서히 전쟁을 이겨 낸다. 그리고 끝나지 못한 악몽을, 스무 살 젊은이의 죽음, 스무 살 영국 아이의 죽은 몸 내부에서 일어난 죽음, 노르망디 숲의 나무들과 함께한 똑같은 죽음, 무한한 죽음의 악몽을 이겨 낸다.

이 감정은 스스로를 넘어 펼쳐질 것이고, 온 세상의 무한을 향해 갈 것이다. 기나긴 세월 동안 그럴 것이다. 그리고 언젠가 이 땅 어디에서나 사람들은 무언가를, 사랑 같은 어떤 것을 깨닫게 될 것이다. 그 아이를 향한 사랑, 거대한 숲, 너무도 아름다운, 오래된, 긴긴 세월을 간직한, 심지어 사랑스러운, 그렇다, 사랑스럽다는 말이 적당할, 그런 숲에서, 독일인들을 상대로 전쟁놀이를 하다가 스무 살에 죽은 영국인 아이를 향한 사랑.

영화를 만들 수 있어야 한다. 집요한, 되돌아가는, 다시 출발하는 영화. 그런 다음에는 버려둘 것. 그리고 버려두는 것까지 영화에 넣을 것. 하지만 그 일을 하지 않을 것임을 이미 알 수 있다. 아무도 하지 않을 것이다.

알려지지 않은, 아직까지도 알려지지 않은 그것으로 영화를 만들면 어떨까?

나는 아직 그 영화를 위해 손에 넣은 것이 없고 생각해 둔 것도 없다. 하지만 올여름 동안 내가 가장 많이 떠올린 영화다. 말도 안 되는, 성취 불가능한 착상의 영화, 살아 있는 죽음의 문학에 관한 영화이기 때문이다.

문학의 글쓰기, 그것은 모든 책에, 모든 작가에게, 각 작가의 책 하나하나에 문제를 제기한다. 그것이 없다면 작가도 없고 책도 없다. 아무것도 없다. 그렇기에, 아마도, 그 사실로 인해 더 이상 아무것도 없다고 생각할 수 있을 것이다.

아마도 바로 그날 세계가 소리 없이 무너져 내리기 시작했으리라. 스무 살 영국의 젊은 아이가 대서양 해안을 따라 펼쳐진, 영광스러운, 기념물 같은 노르망디 숲의 하늘에서, 서서히, 힘겹게 죽어 간 사건이 일어난 바로 그날. 그 소식, 오직 그 사실, 그 신비스러운 소식이 사람들의 머릿속에 스며들었고, 그들은 아직 살아 있다. 대지의 원초적 침묵 속에, 돌아올 수 없는 지점에 다다른 것이다. 이제 희망을 붙들어도 소용없음을 알았다. 세상 어디에서나 마찬가지고, 스무 살 아이, 마지막 전쟁에서 어린 나이로 죽은 아이, 첫 시대의 마지막 전쟁에서 잊힌 아이, 오직 그로부터 시작된 일이다.

언젠가 더 이상 쓸 것이, 더 이상 읽을 것이 없게 되리라. 너무도 젊은, 절규를 내지르고 싶을 만큼 젊은, 그 죽은 아이의 삶으로부터, 말로 옮겨질 수 없는 것만이 남으리라.

로마

이탈리아.

로마.

호텔 로비.

저녁이다.

나보나 광장이다.

호텔 로비는 테라스 외에는 비어 있다. 한 여자가 테라스의 안락의자에 앉아 있다.

웨이터가 쟁반을 들고 테라스의 손님들에게로 간다. 다시 와서 로비 안쪽으로 사라진다. 다시 온다.

여자는 잠이 들었다.

한 남자가 온다. 역시 호텔 손님이다. 그가 걸음을 멈춘다. 잠든 여자를 쳐다본다.

남자가 앉고, 이제는 여자를 쳐다보지 않는다.

여자가 깨어난다.

남자가 조심스럽게 말한다.

— 제가 방해했나요?

여자가 가벼운 미소를 짓고, 대답은 하지 않는다.

— 전 이 호텔에 묵고 있습니다. 당신이 로비를 지나가서 그 자리에 앉는 모습을 매일 보았죠. (잠시 뒤) 어떨 땐 그대로 잠이 들더군요. 그럼 전 그냥 바라봅니다. 알고 계실 테죠.

침묵. 그녀가 그를 바라본다. 그들은 서로를 바라본다. 그녀는 말이 없다. 그가 묻는다.

— 영상 촬영은 끝났나요?
— ……네……
— 그럼 대사도……?
— 네, 준비되어 있어요. 영상 촬영 전에 써 놨어요.

두 사람은 서로를 쳐다보지 않는다. 동요하고 있는 게 보인다. 그가 나지막하게 말한다.

—지금, 여기, 이 시각…… 빛이 사라질 때 영화가 시작하겠군요.

—아뇨, 이미 시작했어요. 조금 전 영상 촬영에 대해 당신이 묻는 데서.

잠시 뒤. 동요가 커진다.

—그게 무슨……

—영상 촬영에 대한 질문, 그 한 가지 질문으로, 바로 그 자리에서, 이전 영화는 내 삶에서 사라졌어요.

잠시 뒤. 천천히.

—그 뒤로는…… 당신도 모르는……

—몰라요…… 아무것도…… 당신도요……

—그렇죠, 아무것도.

—당신은요?

—그 순간 전까지 난 아무것도 몰랐는걸요.

그들은 나보나 광장 쪽으로 고개를 돌린다. 그녀가 말한다.

—난 까맣게 몰랐어요. 1982년 4월 27일 밤 11시에 광장의 분수들을 찍었죠…… 당신이 이 호텔에 오기 전이에요.

그들은 분수를 바라본다.

— 비가 내린 것 같군요.

— 저녁마다 그래요. 하지만 아니죠. 지난 며칠 동안 로마에는 비가 안 왔어요. 바람 때문에 분수의 물이 바닥에 흘러내린 거예요. 광장이 물로 흥건하죠.

— 아이들은 맨발이네요……

— 난 저녁마다 아이들을 바라봐요.

잠시 뒤.

— 좀 쌀쌀하군요.

— 로마는 바다에서 가깝잖아요. 이 찬 기운은 바다에서 오는 거예요. 당신도 알죠.

— 그렇죠, 그럴 거예요.

잠시 뒤.

— 기타도 있나 보네요. 맞죠? 누군가 노래를 부르나 봐요.

— 맞아요, 분수의 물소리도…… 구별이 안 되죠. 노래하고 있는 건 맞아요.

그들은 듣지 않는다.

— 전부 아니었을 수도……

— 잘 모르겠어요. 어쩌면 아닌 게 하나도 없었을 수 있죠…… 이젠 알 수 없지만……

— 이미 늦은 걸까요?

— 아마도요. 시작하기 전에 이미 늦은 거죠.

침묵. 그녀가 다시 말한다.

— 저기 광장 중앙의 분수[46]를 봐요. 창백하게, 얼어붙은 것 같아요.

— 나도 보고 있었어요…… 조명을 밝혀 놓으니까, 차가운 물속에서 불이 타는 것 같네요.

— 그래요. 돌의 주름들 사이로 흐르는 물줄기는 서로 다른 강들이에요. 중동의 강, 더 먼 곳의 강, 중부 유럽의 강, 그 물들이 흐르는 거죠.

— 사람들 위에 그림자가 어렸네요.

— 다른 사람들, 강을 쳐다보는 사람들의 그림자예요.

한참 뒤. 그녀가 말한다.

— 로마가 정말 있기는 했던 걸까요……

— 있었어요.

46 나보나 광장에는 세 개의 분수가 있다. 중앙에 있는 것은 '강의 분수'를 뜻하는 '피우미 분수'(정확한 이름은 '네 강의 분수(Fontana dei Quattro Fiumi)'다.)로, 17세기 바로크 조각가 베르니니의 작품이다. 네 개의 인물 조각상으로 이루어지는데, 각기 유럽, 아시아, 아프리카, 아메리카 대륙의 다뉴브강, 갠지스강, 나일강, 라플라타강을 상징한다.

— 정말 확실한지……

— 그래요. 강들도 마찬가지죠. 그 나머지도 마찬가지지고.

— 당신은 그걸 어떻게……

침묵. 그녀가 나지막하게 말한다.

— 이 두려움이 뭔지 모르겠어요. 아피아 가도의 묘석[47]에 새겨진 여인들의 눈 속에 담긴 두려움과 무엇이 다른지…… 우리는 그녀들이 보여 주는 것밖에, 스스로를 드러내면서 감추는 그것밖에 볼 수 없잖아요. 우리를 어디로 데려가는 걸까요? 어떤 밤으로? 하얀 돌에 반사돼서, 완벽하게, 반들반들 밝게 보이는 그 빛도 의심스러워요. 그렇지 않아요?

— 사물들의 보이는 면을 두려워하나 보군요.

— 로마 때문에 두려운 것 같아요.

— 그 완벽함 때문에?

— 아뇨…… 그 죄 때문에.

한참 뒤. 시선. 이어 그들은 눈길을 내린다.

그가 말한다.

— 계속 무슨 생각을 하길래 당신은 그렇게 창백한지, 때로 이 테라스 위에서 꼼짝 않고 날이 밝기를 기다리는지……

— 내가 잠을 못 잔다는 거 알잖아요.

47 고대 로마의 주도로였던 아피아 가도에는 당시의 묘비와 묘석이 남아 있다.

— 그렇죠, 나도 못 자요. 당신처럼.

— 그것 봐요.

잠시 뒤.

— 왜 그렇게 멍하니 있는 거죠?

— 난 로마가 아닌 다른 곳의 사유에 끌려 로마를 잊게 돼요. 로마의 사유와 동시대에 존재했죠. 로마가 아닌 곳, 로마와 멀리 떨어진 곳, 예를 들어 북쪽 유럽으로 가는 길…… 그곳에서 생겨났고요.

— 지금은 남아 있지 않겠군요?

— 아무것도 없죠. 일종의 희미한 기억뿐이에요. 어쩌면 지어낸 걸지도 모르지만, 그럴듯한 기억이죠.

— 그 북쪽의 기억을 떠올렸던 곳이 여기 로마인가 보군요.

— 맞아요. 어떻게 알았죠?

— 글쎄요.

— 그래요. 여기, 로마에서, 학교 버스를 타고서였어요.

잠시. 침묵.

— 저녁에, 석양 무렵에, 아피아 가도의 색깔이 토스카나[48]의 색깔이 되기도 해요. 그 북쪽 지방은 어릴 때, 아직 아

48 로마 북쪽, 피렌체, 피사, 리보르노 등이 위치한 주의 주도다. 로마 이전 에트루리아인들이 정착한 곳이다.

이일 때 처음 알았죠. 여행 안내서에서 처음 봤어요. 그다음엔 수학여행을 갔고요. 로마와 같은 시대에 존재했지만 이제는 사라져 버린 문명이죠. 놀라울 정도로 짧은 시간 동안 그 문명과 사유가 만난, 그 지역의 아름다움에 대해 당신한테 제대로 말해 줄 수 있으면 좋겠군요. 그곳의 삶, 그곳의 지리가 얼마나 단순한지 말해 주고 싶어요. 그들의 눈(眼) 색깔, 기후의 색깔, 그리고 농토, 목장, 하늘의 색깔도요. — 잠시 뒤 — 당신의 미소, 있지만 곧 없어지는, 바로 그 순간 이후엔 다시 볼 수 없는 그 미소와 비슷해요. 당신의 몸, 하지만 사라져 버린 몸과 비슷하고, 사랑, 하지만 당신이 없고 내가 없는 사랑과 비슷해요. 그러니 어쩌겠어요? 사랑할 수밖에 없지 않을까요?

침묵. 엇갈린 눈길.

잠시. 그들은 말이 없다. 먼 곳을 향하는 그의 눈은 아무것도 보지 않는다. 그녀가 말한다.

— 난 로마가 사유했다고 생각하지 않아요. 로마는 자신의 힘을 알린 거예요. 사유는 다른 곳에서, 바로 그곳에서 이루어졌어요. 다른 곳에서 생겨났다고요. 로마는 전쟁을 했고, 그 사유를 훔쳐 오고, 공표했을 뿐이에요.

— 제일 처음, 그러니까 그 여행 안내서와 수학여행이 어땠죠?

— 책에 써 있기를, 어딜 가든 예술 작품들이 있고, 조각상과 신전과 저택이 있고, 공중목욕탕과 홍등가와 처형이 행해지는 원형 경기장이 있다고 했어요. 황무지에는 그런 게 하나도 없고요.

어린 시절에 읽었죠. 그러고는 잊고 지냈고.

그러다가 다시 한 번, 그러니까 수학여행 버스를 타고 돌아다닐 때, 담임 선생님이 그곳에서 찬란하게 꽃피었던 문명에 대해 말해 줬어요. 다른 곳에서는, 버스가 지나온 황무지에서는 그런 문명이 없었다고 했고요.

그날 오후엔 비가 왔어요. 볼 게 없었죠. 그래서 선생님은 히스가 무성하고 살얼음이 덮인 그곳 황무지의 얘기를 해 주셨어요. 우린 선생님이 말하는 광경이 눈앞에 펼쳐지기라도 한 것처럼 푹 빠져서 들었죠. 마치 그 황무지를 직접 보는 것 같았어요.

침묵. 그가 묻는다.

— 그 지방은 구릉도 없이 평평했죠? 아무것도 안 보이고?

— 아무것도. 들판 아래쪽으로 펼쳐진 바다가 전부였어요. 황무지가 어떤 건지, 그때까지 우리는 한 번도 생각해 본 적이 없었어요. 그렇잖아요. 정말로 아무도 생각해 보지 않았어요.

— 로마는요?

— 학교에서 배웠죠.

— 선생님은 뭐라고……

— 그래요, 바로 그 땅에서, 물론 우리가 볼 수는 없지만, 문명이 발생했다고 했어요. 땅 위의 바로 그 지점에서 말이에요. 그 문명은 들판 아래 묻힌 채 아직 있을 거라고도 했죠.

— 끝이 보이지 않는 넓은 들판이죠.

— 맞아요. 하늘과 맞닿아 있죠. 그 문명의 흔적은 남아 있지 않았어요. 그저 구덩이, 땅 밑의 동굴 같은 것, 밖에서는 볼 수 없는 그런 것들뿐이었죠. 우리가 물었어요, 그 굴들이 무덤이었나요? 아니라고 했어요. 사원이었을 수 있지만 알 길이 없다고. 우리가 아는 건 전부 손으로 파서, 손으로 만들었다는 것뿐이라고 했죠.

선생님은 그 땅속의 굴이 어떤 것은 방 하나만 하고, 어떤 것은 궁궐만 하다고, 어떤 것은 복도, 통로처럼 생겼다고, 서로 은밀하게 연결되어 있다고 했어요. 그 모든 게 사람의 손으로 만든 거라고, 사람의 손으로 지은 거라고 했고요. 벽의 점토에 그 손의 흔적이 깊이 새겨진 곳도 있다고 했죠. 인간의 손, 벌리고 있는, 때로는 상처가 난 손.

— 선생님은 그 손을 어떻게 설명했죠?

— 외침이라고 했어요. 나중에 다른 사람들이 듣고 보라고 남긴 외침. 손으로 전하는 외침.

— 수학여행 때 몇 살이었나요?

— 열두 살 반. 난 넋 놓고 들었어요. 하늘 아래로, 땅속 굴들 위로, 오랜 세월 동안 한 해 한 해 이어져, 수학여행 버스를 타고 온 우리한테까지 온 문화가 눈앞에 펼쳐졌으니까요.

침묵. 그녀는 바라본다. 기억을 떠올린다.

— 그 땅속 굴들은 바다에서 아주 가까워요. 모래 언덕을 따라, 밭을 일굴 수 있던 황무지 땅속으로 이어졌죠. 황무지는

마을을 지나지 않아요. 숲은 사라졌고요. 숲이 사라진 뒤 황무지는 다시 이름을 얻지 못했어요. 그래요. 가라앉은 땅 가운데 진흙밭에서 솟아오른 뒤, 황무지는 늘 시간과 공간을 차지하고 있었어요. 다들 알고 있죠. 하지만 볼 수는 없고, 만질 수도 없어요. 끝났어요.

— 당신이 말하는 그걸 사람들이 어떻게 알죠?

— 어떻게 알까…… 영원히 알지 못할까…… 사람들은 알아요. 오래전부터 알고 있었어요. 늘 질문하고 늘 같은 방식으로 대답했죠. 수천 년 전부터 그랬어요. 아이가 철들면 늘 그 얘기를 해 주고, 소식을 전해 주죠. "이걸 보렴, 여기 보이는 이 동굴들. 이건 북쪽에서 온 사람들이 만든 거란다."

— 다른 곳에선 이렇게 말해요. "여기 평평한 예루살렘의 돌을 보렴. 로마의 어머니들이 십자가형을 받는 아들들, 유대의 신에 미친, 로마가 죄인으로 단죄한 그 아들들을 지켜보던 곳이란다."

— 마찬가지로, 이렇게도 말해요. "여길 봐, 여기 팬 길은 물을 구하러 가던 길이고, 시골에서 도시 상인들을 찾아가던 길이고, 예루살렘의 도둑들이 교수형을 당하러 골고다 언덕으로 가던 길이란다." 이 모든 일이 바로 이 하나의 길에서 일어났죠. 또 그 길은 아이들에겐 놀이터이기도 했어요.

침묵.

— 이제, 우리가 고귀한 어떤 사랑에 대해 얘기해도 될까요?

— 잘 모르겠어요…… 아마…… 되겠죠……

침묵. 동요. 목소리가 변한다.

— 그 여인, 그런 사랑을 한 여인이 누구였을까요?

— 아마…… 사막의 왕비일 테죠. 공식적인 역사에는 사마리아의 왕비[49]로 기록되어 있어요.

— 사마리아 전쟁에서 승리한 남자, 그 사랑에 응답한 남자는 누구일까요?

— 로마 군단의 장군. 로마 제국의 수장.

— 당신 말이 맞는 것 같군요.

침묵. 멀리 떨어진 듯 더 무거워진 침묵.

— 로마인들은 모두 그 전쟁의 이야기를 알았어요.

— 그렇죠. 로마인들에게 이야기란 언제나 전쟁 이야기였으니까요. 그 사랑이 난관을 겪어야 했던 건, 그녀의 사랑, 사마리아 왕비의 사랑이 전쟁 중에 요란스럽게 알려졌기 때문이에요.

— 그래요. 대단한 사랑이었죠. 로마인들은 그걸 어떻게 알았을까요?

— 매일매일 몇 명이 죽었는지 그 수를 확인하는 것과 똑

49 유대의 왕 아그리파 1세의 딸 베레니케로, 사별과 이혼 이후 고향으로 돌아와 왕위를 이어받은 오빠 아그리파 2세 곁에서 '왕비' 역할을 수행했다. 유대 지역의 항쟁을 진압하러 온 티투스와 사랑에 빠져 로마까지 따라가지만, 황위를 계승하는 과정에서 원로원의 반대에 부딪힌 티투스는 베레니케와의 결혼을 포기하고 그녀를 고향으로 돌려보낸다. 이들의 사랑은 장 라신의 비극 『베레니스(Bérénice)』 등 여러 작품에 등장한다.

같지 않았을까요? 밤마다 나지막한 목소리로 수를 확인했을 거예요. 포로가 몇 명인지도 알았고요. 전쟁이 아닐 때도 똑같았을 테죠. 그러니까, 그녀를 죽이지 않고 포로로 데려왔으니, 모두가 알게 되었을 거예요.

— 그렇죠.

— 수많은 사람이 죽었는데, 사마리아의 여인, 유대의 왕비, 로마가 관심도 없던 사막의 왕비를 그렇게 극진히 로마로 데려왔으니…… 그 사랑이 얼마나 큰 추문을 일으켰는지……

로마 사람들은 그 사랑에 대해 한 가지라도 더 알아내려고 혈안이 되었죠. 저녁마다, 밤마다 그랬어요. 아주 작은 소식이라도 들으려 했죠. 그녀가 무슨 색의 옷을 입었는지, 감옥의 창 너머 그녀의 눈이 무슨 빛깔인지. 그리고 그녀의 울음, 그 흐느낌이 어떤 소리인지.

— 그 사랑은 역사에 기록된 것보다 더 위대한가요?

— 그래요, 더 위대해요. 당신은 알고 있었나요?

— 알고 있었어요. 그가, 그 성전의 파괴자[50]가 스스로 원한 것보다 더 위대하죠.

— 그래요, 자기가 원한 것보다 더 위대해요. 하지만 자기가 생각하는 것만큼 잘 알지는 못했죠. 그러니까…… 그는 스스로 그녀를 사랑한다는 사실을 모른 것 같아요. 그러면 안 되는 거니까, 그렇다는 것을 믿지 않았다고 해야 할까…… 그런 게 기억나요, 그런 비슷한 거, 그 남자처럼 스스로 사랑한다는

50 티투스는 아버지 베스파시아누스 황제를 대신하여 유대의 반란을 진압하는 과정에서 예루살렘의 성전을 파괴했다.

걸 모르는……

— 경비병들이 잠든 뒤에, 황궁의 방 안에서 마음껏 그녀를 가질 수 있을 때, 그때만이 예외였겠죠. 그러니까 깊은 밤에 말이에요.

— 그래요…… 그럴 때만은 아니었을 수도…… 알 수 없죠.

한참 뒤. 그가 말한다.

— 어때요? 황무지에 살던 사람들은 로마가 사유와 몸의 세계를 다스리려 한다는 소문을 들었을까요?

— 들었겠죠. 알았을 거예요.

— 바다에서 솟아오른 태초의 땅, 그곳 황무지의 사람들은 전부 알고 있었군요.

— 그래요, 전부. 땅 밑 황무지에서도 다 전해 들었을 거예요. 로마 제국에서 도망쳐 온 사람들, 탈영한 군인들, 신을 찾아 방랑하는 사람들, 도둑들, 그 사람들한테서 로마가 뭘 하려 하는지 전부 전해 들었고, 로마의 영혼이 탕진되는 것을 알고 있었죠. 로마가 자신의 힘을 선언하는 동안, 자기 사유의 피를 잃어 가는 동안, 굴속의 사람들은 정신의 암흑에 빠져 있었어요.

— 생각하는 건, 그러니까 그들은 자신들이 사유한다는 걸 알았을까요?

— 아뇨. 그들은 글을 쓸 줄 몰랐고, 읽을 줄도 몰랐어요. 아주 오랫동안, 기나긴 세월 동안 그랬어요. 쓰고 읽는다는 말의 뜻조차 몰랐어요. 하지만 중요한 얘기가 남아 있죠. 그 사람들이 하는 유일한 일은 신과 관련된 거였어요. 그들은 빈손

으로 하늘을 바라보았죠. 여름에도 겨울에도 하늘을, 바다를 그리고 바람을.

— 그들은 신과 그런 식으로 함께했어요. 아이들이 놀듯이 신과 대화를 한 거죠.

— 그 영화에서 당신은 현재의 사랑에 대해 얘기했나요?

— 이젠 나도 모르겠어요. 살아 있는 사랑에 대해 얘기한 것 같아요. 오직 그 얘기만.

— 로마가 어떻게 관련되죠?

— 그 대화가 로마에서 이루어졌을 테니까요. 바로 그 사랑을 둘러싼 대화들이 오랜 세월 동안 로마에 신선한 베일을 드리웠어요. 로마의 역사가 거대한 죽은 몸으로 누워 있는 그 자리에서 연인들은 비로소 자신들의 이야기를, 자신들의 사랑 때문에 울었을 거예요.

— 무엇을 슬퍼하며 울었을까요?

— 자신들의 처지를 슬퍼하며 울었죠. 헤어짐으로 인해 다시 하나가 되어서, 마침내 눈물을 터뜨렸을 거예요.

— 성전의 연인들 얘기로군요.

— 그럴 거예요. 맞아요. 내가 지금 누구 얘기를 하는지 모르겠어요. 그 사람들 얘기도 하고 있어요, 맞아요.

잠시 뒤. 침묵. 그들은 더 이상 서로를 바라보지 않는다. 그가 말한다.

— 성전의 연인들이 나눈 말은 한 마디도 남아 있지 않아요. 비밀스럽게 털어놓은 고백도, 그 모습이 담긴 장면 하나도

없죠. 그러니까……

— 그녀는 로마 말을 못했어요. 그는 사마리아어를 못했고요. 그런 침묵의 지옥 속에서 욕망이 일어난 거죠. 욕망이 최고의 힘을 누렸어요. 돌이킬 수 없이.

그런 다음, 욕망이 꺼졌죠.

— 짐승 같은, 잔혹한 사랑이었다죠.

— 내 생각엔, 그래요, 짐승 같은, 잔혹한 사랑이 맞을 거예요. 사랑이니까 그랬을 것 같아요.

잠시 뒤.

— 원로원이 알게 되고, 로마의 황제가 될 그에게 강요해요. 그녀한테 가서, 당신을 포기하겠노라고 통고하는 고통스러운 일을 하라고.

— 그가 직접 알렸군요……

— 그래요. 저녁이었죠. 아주 빠르게. 그가 그녀의 거처로 가요. 그리고 놀랄 만큼 거칠게 선언해 버려요. 머지않아 배가 올 거라고.

며칠 후, 그가 그녀에게 말해요, 당신은 이제 카이사레아[51]로 돌아가야 한다고.

당신을 놓아주는 것밖에 할 수 있는 일이 없다고.

아마 울었을 거예요.

나로부터 멀어져야만 살 수 있다고도 했죠.

다시 만날 수 없을 거라고도.

51 이스라엘 북서부에 위치한 고대 항구 도시로, 로마령 팔레스타인의 수도였다.

— 그녀는 로마 말을 모르잖아요.

— 모르죠. 하지만 그가 우는 걸 봐요. 그가 우니까 그녀도 울어요. 그녀가 무엇을 슬퍼하며 우는지 그는 알지 못하죠.

잠시 뒤.

— 그녀는 죽어야 했어요. 하지만 그러지 않았죠. 여전히 살아갈 거예요.

— 그녀는 살아가요. 죽지 않아요. 나중에 죽죠. 한 남자의 포로이면서 동시에 그 남자를 사랑한다는 환상으로 죽어요.

하지만 죽는 날까지 바로 그 환상으로 살아요.

알기에 사는 거죠. 사랑이 아직 있음을, 온전히, 비록 부서졌을지언정 그대로 있음을 알기에, 그 사랑이 여전히 매 순간의 고통임을, 하지만 여전히, 온전히, 더 강하게 있음을 알기에 살아요.

그리고 그래서 죽어요.

— 그녀는 울어요……

— 그래요, 울어요. 처음엔 약탈당한 조국 때문에, 자기를 기다리는 끔찍한 공허 때문에 운다고 생각하죠. 그렇게 울기에, 그녀는 살아 있어요. 자신의 눈물을 먹고 사는 거죠. 눈물 때문에 제대로 깨닫지 못하면서, 그렇게 로마의 남자를 사랑했어요.

— 그녀가 그를 사랑하게 된 이유가, 그에게 포로로 잡혔기 때문일까요?

— 맞아요. 그러니까, 그의 것이 된다는 결정적인 매력을 알게 된 거죠.

— 만일 반대였다면, 그러니까 만일 그가 그녀 군대한테 포로로 잡혔다면, 그도 똑같은 사랑에 빠졌을까요?

— 아니, 그렇지 않을 거예요.

그녀를 봐요.

그녀.

눈을 감아요.

버려지는 게 보이죠.

— 그래요, 보여요.

잠시 뒤. 그녀가 말한다.

— 그녀는 자기 앞에 주어진 운명을 향해 나아가요. 그녀는 왕의 아내가 되고 싶어 해요. 포로가 되고 싶어 해요. 그가 원하는 모습 그대로.

— 그녀 내면에 숨어 있던 그 운명의 영(靈)은 어디서 온 걸까요?

— 아마도 왕가 여인으로서의 의무였을 테죠. 어쩌면 복음서에 나오는 여인들, 예루살렘 계곡의 여인들이 모두 그렇듯이, 죽음을 미리 알 수 있었는지도 몰라요.

— 그는 어떻게 그렇게까지 그녀의 절망을 모른 척할 수 있었을까요?

— 그렇게 하리라 마음먹은 거죠. 그는 자기 왕국의 이름으로 마음대로 못 할 것이 없다고 믿었어요.

침묵. 그가 말한다.

— 그의 등 뒤에는 처음부터 어둠의 군대가 있었어요.

— 맞아요, 그의 눈엔 안 보이죠. 그는 아무것도 못 봐요. 그는 자신이 살아 내는 이야기를 보지 못해요.

마음속에 남아 있던 검은 황무지의 모든 것이 그가 방을 나서는 순간 영원히 지워지죠.

— 검은 황무지.

— 맞아요.

— 그게 어디였죠……?

— 글쎄요, 어디라도…… 가장 먼 북쪽 나라 해안의 평야들이라면 어디든……

— 그는 괴로워하나요?

— 울지는 않아요. 모르죠. 아니, 울지 않아요. 밤이면 소리를 지르죠. 어릴 때 겁이 날 때 그랬던 것처럼, 밤이면 소리를 질러요.

— 제발, 그래도 그가 어떤 식으로든 괴로워한다고 해 줘요.

— 밤에 자다가 깨어날 때면 고통이 참기 힘들죠. 그녀가 아직은, 물론 곧 끝나겠지만, 그래도 아직은 있다는 걸 아니까……

— 그녀를 카이사레아로 데려갈 배가 올 때까지.

— 그 순간에 그는 같은 말만 끝없이 되풀이해요. 머지않아, 어느 날 아침에, 당신을 당신의 왕국 카이사레아로 데려갈 배가 올 거요.

침묵.

— 그런 다음엔, 바로 그 순간에는 죽음처럼 고통스러운 상처를 입고 방을 나서는 그의 모습이 분명히 보여요.
— 그런 다음에는요?
— 그런 다음엔 아무것도 안 보여요.

침묵.

당신을 데려갈 배가 올 거요, 그가 말할 때, 그런 다음에 무슨 일이 일어날지 우리가, 당신과 내가 말할 수 있지 않을까요? 만일 원로원이 그녀를 추방하지 않았다면 어땠을지 말이에요. 어느 날 밤에, 로마의 궁전 측랑에서, 홀로, 짚단 위에 누워, 그녀가 어떻게 죽음을 맞았을지……

그리고 또, 그 끝나지 않을 죽음에 대해, 또 그가 그녀를 처음 만난 카이사레아에서의 사랑에 대해서도 말할 수 있겠죠. 그녀는 스무 살이에요. 그는 그녀를 아내로 삼기 위해 데려와요. 영원히 함께하기 위해. 그게 결국 그녀를 죽음에 이르게 하는 일임을 알지 못하죠. 그는 아내로 삼기 위해, 라고 말하죠. 결국 죽음에 이르게 하기 위한 것임을 아직 알지 못해요.

긴 세월이 흐른 뒤 로마의 폐허 속에서 발견된 여자 유골 얘기를 할 수도 있어요. 보면 누구인지 알 수 있는, 언제 어디서 발견되었는지도 알 수 있는 그런 유골이죠.

어떻게 그녀를 외면할 수 있겠어요. 그녀를, 여전히 그토록 젊은 왕녀를. 이천 년이 지난 후에.

그녀는 키가 커요. 죽은 그녀도 여전히 커요.

그래요. 가슴이 봉긋 솟아 있어요. 아름다운 가슴이죠. 고행의 옷 아래 아무것도 걸치지 않았어요.

다리. 발. 걸음걸이. 살짝 흔들어도 온몸이 움직이는 허리…… 당신도 기억하죠……

잠시 뒤.

그 몸은 사막을, 전쟁을, 로마의 열기와 사막의 열기를 지나야 했어요. 갤리선과 유배의 악취를 지나야 했고요. 그 뒤의 일은 알 수 없어요.

그녀는 여전히 훤칠해요. 키가 커요. 말랐고요. 마른 몸, 죽음만큼이나 마른 몸이 되었죠. 머리카락은 검은 새의 색이에요. 눈동자의 녹색은 동방의 검은 먼지와 뒤섞였고요.

눈은 이미 죽음에 잠겨 있어요.

아니, 지금도 그녀의 눈은 옛일이 되어 버린 젊음의 눈물 속에 잠겨 있어요.

살갗은 이제 몸에서, 뼈에서 분리되었어요.

어둡고, 투명하고, 비단처럼 곱고, 약한 살갗. 사막의 모래처럼 되었죠.

죽은 여인은 다시 카이사레아의 왕비가 되었어요.

이 평범한 여인, 사마리아의 왕비.

시청 로비의 불이 꺼진다. 바깥에는 어둠이 짙어져 있다.

나보나 광장의 분수들은 이제 물을 뿜지 않는다.

남자는 그녀가 호텔 테라스에 편안히 등을 기대고 앉은 모습을 처음 본 순간 사랑했다는 말을 했을 것이다.

그리고 날이 밝았다.

그는 이런 말도 했었다. 그의 앞에서 그녀가 잠들기도 했다고. 두려웠다고. 그래서, 자신의 몸 위로 그리고 두 눈 위에 퍼져 나간 그 무한한 두려움 때문에 그녀에게서 멀어졌다고.

순수한 수

오랫동안 식용유를 팔 때 '순수하다.'라는 단어를 썼다. 오랫동안 올리브 기름은 확실한 순도가 보장되었고, 다른 기름들은, 땅콩 기름이든 호두 기름이든, 그렇지 않았다.

순수하다는 말은 혼자일 때만 의미를 갖는다. 스스로, 그 자체만으로 존재하고, 그 어떤 사물도 사람도 규정짓지 않는다. 그러니까 무언가에 맞춰질 수 없고, 사용되는 그 순간에 비로소 명확하게 정의된다.

순수하다는 말은 개념이 아니고, 결여된 것도 아니며, 나쁜 점도 아니고, 좋은 자질도 아니다. 그것은 고독의 단어다. 혼자인 단어, 그렇다, 아주 짧은, 단음절의 단어.[52] 혼자인 단어. 그것은 아마도 가장 '순수한' 단어일 것이다. 그 곁에서, 그 이후에, 대등한 다른 단어들이 저절로 지워지고, 영원히 자

52 프랑스어로 '순수한'은 'pur'라는 단음절 단어다.

리를 잃고, 가야 할 방향을 찾지 못하고, 떠다니게 된다.

잊고 말하지 않은 게 있다. 순수는 모든 사회, 모든 언어, 모든 의무에 있어서 성스러운 단어에 속한다. 세상 어디서나, 순수라는 단어는 언제나 그렇다.

그 단어는 그리스도의 탄생 이래 어딘가에서 언제까지나 말해졌다. 사마리아에서 길을 가던 행인 혹은 동정녀를 낳던 여인 중 하나가 말했을 것이다. 알 수 없다. 어딘가에서 언제까지나, 예수가 십자가에 매달릴 때까지, 그 단어는 남아 있었다. 나는 신자가 아니다. 단지 예수 그리스도가 이 땅에 살았음을 믿을 뿐이다. 정말 그랬다고 믿는다. 나는 그리스도와 잔 다르크가 이 땅에 존재했으며 고난 끝에 죽음에 이르렀음을 믿는다. 그것 역시 존재했다. 그 단어들은 여전히 온 세상에 존재한다.

나는 기도를 하지 않는다. 그리고 저녁에 울 때도 있다. 불가피한 현재를 넘기 위해, 오늘날 요구르트와 자동차의 미래를 향해 나아가는 텔레비전 광고를 넘어서기 위해.

그 둘, 예수와 잔 다르크, 그들은 자신들이 듣고 있다고 믿는 것에 대해, 그러니까 하느님의 목소리에 대해 진실을 말했다. 예수는 정치범 유형수처럼 살해당했다. 잔 다르크는 미슐레[53]가 말한 숲의 마녀처럼 매 맞고 산 채로 불에 던져졌다.

53 미슐레는 자신의 저서 『마녀(La Sorcière)』(1862)에서, 마녀를 사회 억압에 저

겁탈당했고, 살해당했다.

그리고 그보다 훨씬 오래전의 역사 속에, 멀리, 유대인들이 있었다. 살해당한, 지금까지도 독일 땅에 묻혀 있는, 여전히 의식의 첫 단계에, 죽음으로 정지된 단계에 있는, 죽은 유대인들의 민족. 지금까지도 그 사건에 다가가면 울부짖지 않을 수 없다. 여전히 생각하기조차 힘든 일이다. 그 살해의 장소에서 독일은 풍토병으로 인한 잠재적 죽음이 되었다. 독일은 아직 깨어나지 않았다. 내가 보기엔 그렇다. 어쩌면 앞으로도 다시는 온전히 존재할 수 없을 것이다. 독일은 스스로에게 두려움을 느끼고, 스스로의 미래에, 스스로의 얼굴에 두려움을 느낄 것이다. 독일은 자신이 독일인 데에 두려움을 느낄 것이다. 사람들은 스탈린 얘기를 한다. 내 생각에, 스탈린은, 어쨌든, 바로 그들, 나치에 맞선 전쟁에서 승리했다. 스탈린이 없었다면 나치는 유럽 땅의 유대인을 전부 죽였을 것이다. 스탈린이 없었다면 유대인을 살해한 독일인들을 죽이기 위해 우리가 나서야 했을지도 모른다. 그들이 한 일, 독일인이 유대인에게 한 일, 그 일을 우리 손으로 그들에게 해야 했을 것이다.

유대라는 단어는 어디서나 '순수'하다. 하지만 그것이 우리가 그로부터 기대하는 것을 표현해 낼 수 있는 유일한 단어로 인정받기 위해서는 반드시 진실 속에서 말해져야 한다. 우리가 그로부터 기다리는 것이 무엇인지는 더 이상 알 수 없다.

항하는 여자의 전형으로 제시했다.

독일인들이 유대의 과거를 불태워 버렸기 때문이다.

독일 혈통의 '순수성'이 독일의 불행을 초래했다. 바로 그 순수성이 수백만 유대인의 목숨을 앗아 갔다. 독일에서 순수성이라는 말은 공개적으로 불태워지고 살해되어야 한다. 나는 그렇게 확신한다. 그래서 오로지 독일의 피가, 상징적으로 가져다 모은 것이 아닌 실제 독일의 피가 흘러야 하고, 그 조롱당한 피를 보면서 진짜로 울어야 한다. 그들 자신에 대해서가 아니라 바로 그 피에 대해 슬퍼하며 울어야 한다. 그것만으로 충분하지는 않을 것이다. '독일의 과거'가 우리의 삶 속에 버티고 있지 않게 하려면 어찌해야 하는지는 아마도 영원히 알 수 없으리라. 영원히, 알지 못하리라.

나는 한 가지 계획을 준비 중이고, 그 계획을 실행하기 위해서, 이 글을 읽을 이들에게 도움을 청하려 한다. 삼 년 전, 그러니까, 비앙쿠르의 르노 공장의 폐쇄 일정이 공표되었을 때[54] 시작한 계획이다. 바로 세계적인 명성을 지닌 그 국영 기업 공장에서 평생을 바친 남자들과 여자들의 이름을 빠짐없이 기록하는 것이다. 지금 이 세기 초부터, 불로뉴비앙쿠르의 르노 공장이 처음 세워진 때부터, 모두의 이름을.

한 사람도 빼놓지 말고, 다른 설명은 더하지 말고, 이름만

54 파리 근교의 불로뉴비앙쿠르(Boulogne-Billancourt)는 프랑스 국영 기업인 르노 자동차의 본사와 최대 규모의 공장이 있던 곳이다. 1980년대에 르노 자동차는 심각한 적자를 타개하고자 구조 조정을 시작했고, 1989년에 삼 년 후 불로뉴비앙쿠르의 공장을 폐쇄한다는 결정을 공표했다.

기록하면 된다.

그 수는 대도시 규모와 같을 것이다. 그 수, 르노 공장에서의 노동, 전적인 형벌, 삶.

무엇 때문에 그런 일을 하려는 걸까? 나는 무엇을 원하는 걸까?

그 전체가 모여 무엇을 이루게 될지 보고 싶다. 프롤레타리아트의 벽을 보고 싶다.

벽의 이야기는 그 수일 것이다. 그 수가 바로 진실이다.

더없이 명징한 순수성, 수의 순수성 속에 주어진 프롤레타리아트.

지금껏 비교된 적이 없는, 비교할 수 없는 수, 아무런 설명 없이 주어진 순수한, 단어 그대로 순수한 수, 그 수가 바로 진실일 것이다.

회화전

로베르토 플라테를 위하여

넓은 공간이다. 한쪽 벽에 창유리가 있다. 하늘이 푸른색으로 멈춰 있다. 흰 구름 하나가 홀로 하늘의 푸른색을 벗어난다. 푸른색은 아주 서서히 창유리 위쪽으로 흘러간다.

책이 한 권도 없다. 신문에 써진 말도 없다. 사전에 담긴 어휘도 없다. 모든 것이 완벽하게 질서 정연하다.

공간 한가운데 낮은 테이블이 있고, 그 아래쪽에 더 낮은 테이블 하나가 있다. 두 테이블 위에 빈 물감 튜브가 가득하다. 물감을 다 짜 버린, 대부분은 가운데가 잘린, 잘라서 벌린, 물감 칼로 긁어낸 빈 튜브들.

많이 안 쓴 혹은 아직 뜯지도 않은 튜브들은, 자르고 벌려서 끝까지 다 쓴 튜브들과 따로 놓여 있다. 그것들은 불룩하고, 가득 차 있고, 무척 건강하고, 단단하다. 미처 다 익지 않은 열매 같다. 모두 색깔 표시 라벨이 보이지 않도록 놓여 있다.

메탈 그레이의 부드러운 합금으로 만들어진 튜브들. 뚜껑이 잠겨 밀폐되어 있다.

같은 테이블에 놓인 단지 안에 붓들이 꽂혀 있다. 쉰 개, 아니 어쩌면 백 개. 모두 못쓰게 된 것 같다. 털이 찌그러지고, 사방으로 뻗치고, 혹은 군데군데 빠져 있다. 말라붙은 물감 때문에 모두 뻣뻣하다. 그 모습이 희극적이기까지 하다. 튜브 속 물감, 지금 말하고 있는 사람과 달리, 직접 가닿을 수 있는 물질성을 갖지 않는다. 마치 동굴에서, 나일강의 무덤에서 나온 것 같다.

그 모든 물건들 가운데 한 남자가 서 있다.[55] 혼자 있다. 흰 셔츠와 파란 청바지를 입고 있다. 그는 말하고 있다. 그는 다른 쪽 벽을 따라 몇 입방미터의 부피 안에 줄지어 정돈되어 있는 캔버스들을 가리킨다. 전부 그림이 그려져 있다고, 전시될 것들이라고 말한다.

아주 많다. 모두 벽 쪽으로 돌려세워져 있다. 튜브에서 사라진 물감들이 모두 저 캔버스에 옮겨져 있다. 물감들은 이제 저 위에, 캔버스의 흐름을 멈춰 세우며, 그렇게 자리 잡고 있다.

남자가 말한다. 그림들은 같은 크기가 아니라고. 얼핏 전

55 아르헨티나의 예술가 로베르토 플라테(Roberto Plate)를 말한다. 이것은 뒤라스가 1987년 파리에서 열린 '로베르토 플라테 회화전'을 위해 쓴 글이다.

부 같아 보이지만, 아니다, 모두 다른 규격이라, 그 다름이, 하나하나 다르다는 점이 그에게 신비스러운 문제를 제기한다. 보통은 큰 규격의 그림을 작은 규격의 그림과 섞기도 한다. 이번에는 그럴 수 없다. 그는, 이유는 알 수 없지만, 꼭 그렇게 해야 한다는 사실을 안다.

그는 혼자, 큰 소리로 말한다. 이따금 목소리가 커져서 거의 외치는 소리가 된다. 그림이 그려지는 동안에도 큰 소리로 외치는지, 그건 모르겠다. 하지만 낮이나 밤이나, 그가 자고 있을 때나 깨어 있을 때나, 그림이 그려진다는 것은 알 수 있다.

남자는 자기만의 독특한 방식으로 프랑스어를 말한다. 모든 말이 오직 그만이 할 수 있는 프랑스어로 주어진다. 그는 더 이상 프랑스어 실력을 키우려고 애쓰지 않는다. 그러자면 시간이 들 테고, 그럴 필요가 없었던 것이다.

이제 그는 그림을 거는 일에 대해 말한다. 자기 손으로 직접 걸 거라고 한다. 전시회가 열리는 곳, 이 도시의 장소에 대해 말한다. 센강의 강변에 있는, 옛날에 제본소이던 곳이다.

남자는 이런 그림 전시회가 칠 년 만이라고 말한다. 그에게는 본업이 따로 있다.[56] 게다가 그 일을 아주 즐겁게 하고 있다. 분명 그렇다. 그런데 갑자기 자기 그림을 보여 주고 싶은 욕구가 솟구친 것이다. 봄이 오기 전에, 강렬한 욕구가. 그

56 로베르트 플라테의 주업은 무대 연출가다.

가 말한다. 칠 년이에요. 다시 시작하는 셈이죠. 그렇죠?

그의 말이 빨라진다. 그가 양해를 구한다. 긴장감 때문이라고 한다. 칠 년. 그가 말한다. 다른 일은 다 중단했어요. 이 일에만 넉 달 동안 빠져 있었어요. 넉 달이 지나니 전시회 준비가 되어 있었죠. 그는 중요한 건 결국 마음을 먹는 일이라고 말한다.

그는 해내야 했다.
이제 그는 전시될 그림들을 하나씩 보여 준다.

처음 그것이 기대 세워져 있던 벽 맞은편의 다른 벽으로 하나씩 들고 가서, 그림이 보이도록 뒤집는다. 들고 가면서도, 뒤집어 보여 주면서도, 그는 계속 말한다. 뒤집을 때 잠시 주저하기도 한다. 그렇게 뒤집어서, 그림을 보여 준다.

그는 계속 말한다. 이 전시회에서 그림들이 어떤 질서로 배열될지에 대해 말한다. 그는 한 그림이 다른 그림과 관련되어 가치를 얻는 것을 원하지 않는다. 전시되는 벽 위에서 그림 하나하나가 동등한 상황에 놓이는 자연스러운 질서를 원한다. 어떤 경우에도 그림 하나가 다른 그림을 압도하면 안 되고, 다른 그림의 그늘에 가려 고립되어서도 안 된다. 그림들은 모두 함께 있어야 한다. 거의 서로 닿아야, 그렇다, 거의 붙어 있어야 한다. 여기에서처럼 그림들이 떨어져 있으면 안 돼요, 아시겠죠?

그림들이, 하나씩 하나씩, 눈부시게, 빛으로 나온다.

남자가 말하길, 같은 사람이 삶의 같은 시기에 그린 그림들이다. 그래서 다 같이 걸고 싶은 것이다. 그에게는 아주 중요한 일이다. 이 그림들이 모두 하나가 되기를 바라는 게 아니고, 아니, 절대 그게 아니고, 그가 바라는 건, 그림들이 자연스럽게 서로 가까이 있는 것이다. 그것은 오직 그 한 사람의 책임이며, 그것이 어떤 가치를 가질지 역시 그만이 알 것이다.

그는 그림들의 간격에 대해 계속 말한다. 때로는 간격이 거의 없어야 한다고 한다. 때로는 아예 하나도 없어야 한다고, 서로 붙어 있어야 한다고, 그렇다, 어떨 땐 그렇게 말한다. 그도 완전히 알지는 못한다. 그의 그림 앞에 서서 어쩔 줄 몰라 하는 우리의 상태, 그 역시 바로 그런 상태다.

그의 말이 이어지고, 그 속에서 그림이 계속 모습을 드러낸다. 그림이 빛으로 나올 때 항상 말소리가 함께할 수 있도록, 남자는 계속 말한다. 그는 말한다. 무언가 거북해지도록, 그렇게, 마침내 고통을 벗어던지도록.

마침내 우리는 그를 고된 노역에 홀로 남겨 둔다. 그가 혼자 불행을 감당하도록, 그 어떤 주석도 은유도 모호성도 감당하지 못하는 끔찍한 의무를 이어 가도록. 그러니까, 그를 그 자신의 이야기에 내버려 두는 것이다. 우리는 그가 그린 그림의 폭력 속으로 들어섰다. 우리는 이제 그림을 쳐다보고, 남자, 말하는 사람, 화가, 침묵의 대륙에서 발버둥 치는 사람에게는 눈길을 주지 않는다. 우리는 그림을, 그림만을 바라본다.

말하는 남자는 이것을 그린 사람, 할 줄 모르면서, 의미와 상관없이, 기분 전환을 위해, 심오한 소일거리로, 이 그림을 그린 사람이다.

그렇다. 그림들은 모두 같은 속도로 나아간다. 때로는 길잡이의 안내를 따라가듯 날개를 저어 나아간다. 때로는 마치 검푸른 색으로 스스로를 휘감는 파도의 힘에 끌리듯 나아간다.

위쪽으로, 그 힘을 향해 올라가 보면, 아마도 잠든 어린아이의 얼굴이 있을 것이다. 어린아이 같기도 하고, 하늘 같기도 하다. 말해질 수 있는 것은 하나도 없다. 아무것도 없다. 오로지 온전한 그림이 있을 뿐이다.

허공을 향해 열린 흰색 바닥의 흰 방이 지나간다. 한쪽 문에는 흰색 커튼 조각이 달려 있다.

정체를 알 수 없는 가축들, 부풀어 오른 주머니들, 그리고 어쩌면 그것들을 알아볼 수도 있을 아주 옛날 그림의 부드러움. 사물들처럼 보이는 기호들. 길 떠나는, 떠나가는 나무 기둥들, 샘과 이끼의 습기 속 바다뱀의 토막 난 몸. 흘러내림, 솟아오름, 관념과 사물 사이의 상호성, 사물의 영속성, 사물의 공허, 관념과 색과 빛과 알 수 없는 어떤 것의 마티에르.

옮긴이의 말

마르그리트 뒤라스(본명은 마르그리트 도나디외다.)는 1914년에 프랑스령 인도차이나에서 태어났다. 사이공 교외 지아딘에서 학교를 운영하던 아버지 앙리 도나디외가 뒤라스가 다섯 살 되던 해에 지병으로 본국으로 귀환 뒤 사망했고, 일시 귀국했던 뒤라스의 어머니는 세 아이를 이끌고 다시 캄보디아의 프놈펜을 거쳐 메콩강 삼각주의 도시 빈롱에 정착했다. 그곳에서 성장한 뒤라스는 바칼로레아를 치른 뒤 가족을 떠나 혼자 파리로 가서 대학을 졸업한 뒤 식민성에 취업한다. 1939년에 작가 로베르 앙텔므(Robert Antelme)와 결혼하고, 또한 아버지의 고향이던 로테가론 지방의 마을 이름 '뒤라스'를 필명으로 삼아 소설 『철면피들(Les impudents)』(1943), 『평온한 삶(La vie tranquille)』(1944)을 발표하면서 작가의 길에 들어선다. 뒤라스는 이 시기에 남편 앙텔므, 갈리마르에서 일하던 디오니스 마스콜로(Dionys Mascolo) 등과 함께 레지스탕스 활동에 가담하는데, 1944년 6월에 앙텔므가 게슈타포에 체포되어 강제 수용소에 억류되었다가 전쟁이 끝난 1945년에야 귀환하는 시련을 겪는다.(뒤라스는 1946년에 앙텔므와 이혼하고 이듬해 디오니스 마스콜로와 재혼했다.)

작가 뒤라스의 삶은 『태평양을 막는 방파제(Le barrage contre le Pacifique)』(1950)와 함께 전기를 맞는다. 식민지 땅에서 살아가는 열일곱 살 백인 소녀 쉬잔, 개간 불가능한 땅을 불하받느라 전 재산을 날리는 어머니 등 뒤라스의 자전적 일화들이 반영된 이 소설은 공쿠르상 최종 후보에 올랐고, 이어 르네 클레망(René Clément)에 의해 영화화된다. 이 시기에 뒤라스는 노플르샤토의 집을 마련했으며, 또 다른 대표작 『모데라토 칸타빌레(Moderato Cantabile)』(1958)를 발표하고, 알랭 레네(Alain Resnais)의 영화 「히로시마 내 사랑(Hiroshima mon amour)」(1959)의 시나리오를 쓴다. 그리고 1960년대, 노르망디의 투르빌 바닷가에 또 하나의 거처를 마련한 뒤라스는 고독 속에 칩거하며 창작 활동에 전념한다. 그렇게 해서 노플르샤토의 집과 투르빌의 아파트를 오가며 『롤 베 스타인의 환희(Le Ravissement de Lol V. Stein)』(1964)와 『부영사(Le Vice-Consul)』(1966)를 완성한다. 빈롱 시절에 뿌리를 둔 두 가지 원초적 장면 — 메콩강의 소녀가 모종의 공모감을 느끼던 빈롱 행정관의 부인, 그리고 해골처럼 마른 몸으로 거리를 헤매던 미친 거지 여자 — 을 바탕으로 하는 이 두 작품은 뒤라스의 책들 중 가장 문제적인 소설들로 꼽힌다. 그리고 이즈음 뒤라스는 삶의 마지막 동반자인 '젊은 연인'을 만난다. 노르망디 캉의 대학생으로 뒤라스의 애독자이던 얀 앙드레아(본명은 '얀 르메'고, '얀 앙드레아'는 뒤라스가 지어 준 이름이다.)는 영화 「인디아 송(India Song)」(1975) 상영 때문에 캉에 온 뒤라스와 처음 만났고, 이후 두 사람은 편지를 주고받으며 사십 년에 가까운 나이 차를 극복하고 '연인'이 된다.

뒤라스는 소설뿐 아니라 영화에도 큰 관심을 쏟았다. 처음에는 자신의 소설 혹은 시나리오를 다른 감독들이 영화화하는 작업에 참여했지만, 아마도 그렇게 만들어진 작품들에 만족하지 못했기에 직접 영화를 제작하기 시작한다. 「라 뮈지카(La musica)」(1966)를 시작으로 「나탈리 그랑제(Nathalie Granger)」(1972), 『부영사』를 영화화한 「인디아 송」이 나온다. 이후에도 「트럭(Le Camion)」(1977), 「오렐리아 스테네르(Aurelia Steiner)」(1979), 「대서양의 남자(L'homme atlantique)」(1981) 등으로 이어진 뒤라스의 영화는 서사에 의존하지 않는 실험적 영화 세계를 특징으로 한다. 예를 들어 「갠지스 강의 여인(La Femme du Gange)」(1972)은 카메라의 움직임 없이 고정된 숏으로 이어지며, 「카이사레아(Césarée)」(1979)의 경우 파리의 콩코르드 광장과 튈르리 정원의 조각상들을 보여 주는 영상 위로 고대 도시 카이사레아의 여인 베레니케의 이야기를 들려주는 뒤라스의 목소리만이 흐른다. 얀 앙드레아를 주인공으로 등장시킨 「대서양의 남자」의 경우, 총 42분의 상영 시간 중 30분 내내 암전 상태의 검은 화면과 함께 뒤라스의 목소리만 들린다.

노년에 이른 뒤라스는 보다 직접적인 자전적 고백 두 편을 세상에 내놓는다. 빈롱에서의 가족사와 첫 연인의 이야기를 회고한 『연인(L'Amant)』(1984), 강제 수용소로 끌려간 앙텔므를 기다리던 고통과 돌아온 그가 생사의 기로에서 투병하던 시간을 회고한 『고통(La Douleur)』(1985)이 그것이다. 특히 이전 작품들 속에 흩어져 있던 원형적 장면들을 보다 대담

한 고백을 통해 그려 낸 『연인』은 뒤라스의 이름을 세계적으로 알리는 계기가 되었고, 1992년 장자크 아노(Jean-Jacques Annaud)에 의해 영화화되면서 한 번 더 큰 화제를 불러일으켰다. 그러나 알코올 중독 때문에 건강이 악화되어 영화화 작업에 참여할 수 없었던 뒤라스는 또 다른 소설 『북중국의 연인(L'Amant de la Chine du Nord)』(1991)을 써서 못다 한 이야기를 다시 이어 갔다.

그리고 죽음을 앞둔 뒤라스의 마지막 세 작품 — 『얀 앙드레아 스테네르(Yann Andréa Steiner)』(1992), 『마르그리트 뒤라스의 글(Écrire)』(1993), 『이게 다예요(C'est tout)』(1995) — 이 있다. 『얀 앙드레아 스테네르』는 마지막 연인 얀 앙드레아를 '스테네르'라는 허구의 이름으로 등장시킨 자전적 소설이고, 『이게 다예요』는 뒤라스가 얀 앙드레아와 대화를 주고받는 형식으로 삶과 문학을 이야기한 일종의 유서 같은 책이다. 그리고 이 책, 『마르그리트 뒤라스의 글』 — 원제는 '쓰다(écrire)'이다. — 은 죽음을 앞둔 작가에게 글이 무엇이었는지, 보다 정확하게는 글을 '쓰는 행위'가 무엇이었는지 들려준다. 1996년, 뒤라스는 이십 대의 뒤라스가 앙텔므와 결혼 생활을 시작했던 파리 생제르맹데프레 구역의 아파트에서 여든둘의 나이로 숨을 거둔다. 그녀가 안장되던 날, 몽파르나스 묘지에는 짧고, 강렬하고, 거센 소나기가 쏟아졌다.

『마르그리트 뒤라스의 글』에는 다섯 편의 이야기 — 「글(Écrire)」, 「젊은 영국인 조종사의 죽음(La mort du jeune aviateur anglais)」, 「로마(Roma)」, 「순수한 수(Le nombre pur)」, 「회화전(L'exposition de la peinture)」 — 가 수록되어 있다. 영

화를 글로 옮긴 앞의 세 편이 중심이 되고, 나머지 두 편은 영화와 관련 없이 쓰인 짧은 글들이다. 쓰인 순서대로 보자면, 가장 앞선 것은 뒤라스가 이탈리아 국영 텔레비전 방송의 지원을 받아 만든 영화 「로마의 대화(Il dialoguo di Roma)」(1983)의 글인 「로마」다. 영화에서는 로마 나보나 광장과 아피아 가도 등 고대 로마의 유적들을 보여 주는 영상 위로 이탈리아어로 대화를 주고받는 남녀의 목소리가 이어진다. 여자와 남자가 옛 로마에 대해, 그리고 영화에 대해 말하고, 1979년 영화 「카이사레아」에 이미 등장했던 로마의 티투스와 유대의 베레니케, 그 불가능한 연인들의 사랑에 대해 다시 말한다. 그리고 그 위로, 아주 희미하게, 대화를 나누는 남녀의 사랑이 새겨진다.

이어 「회화전」은 뒤라스가 1987년 9월 파리에서 열린 아르헨티나 예술가 로베르토 플라테(Roberto Plate)의 회화전을 위해 쓴 글이고, 「순수한 수」는 1989년에 불로뉴비앙쿠르 르노 공장의 폐쇄가 결정되었을 때 쓴 글이다. 「순수한 수」에서 뒤라스는 르노 공장에 평생을 바친 노동자들의 이름을 기록한 "프롤레타리아트의 벽"을 세우고자 독자들에게 도움을 청했고, 실제 이십 년 후인 2010년에 베트남 출신 예술가 투 반 트란(Thu Van Tran)에 의해 불로뉴비앙쿠르의 르노 공장에서 일한 사람들의 숫자 '199491'을 새겨 넣은 설치 미술 작품이 만들어지기도 했다.

「젊은 영국인 조종사의 죽음」은 뒤라스가 여름마다 머물던 트루빌 근처의 작은 도시 보빌을 배경으로 한다. 같은 제목의 영화(1993)에는 성당 잔디밭에 있는 무덤을 비롯하여 보빌의 풍경과 함께 파리의 아파트에서 그 조종사에 관해 이야기하는 뒤라스의 모습이 담겨 있다. 그 무덤에는 전쟁 막바지에 독일군의 공격으로 노르망디 숲에 추락해 사망한 스무 살의 영국인 조종사가 잠들어 있고, 뒤라스는 그 무덤에서 자신의 삶과 글을 돌아본다. 또한 뒤라스는 그 "영국 아이"의 죽음으로부터 베트남에서 죽어 공동 묘혈에 던져진 작은오빠의 죽음을 기억해 내고, 또한 독일인들에게 희생당한 유대인들의 죽음을 떠올린다.

마지막으로 「글」은 뒤라스가 자신의 글과 삶에 대해서 이야기하는 모습을 촬영한, 같은 제목의 영화(1983)의 이야기다. 뒤라스는 글에 관해, 글로 쓰인 것에 관해, 글을 쓰는 행위에 관해 말하고, 그렇게 만들어진 책에 대해서, 그 책을 쓰는 저자의 고독에 대해서 말한다. 뒤라스에게 글은 고독과 광기의 동의어이며, 글을 쓰는 것은 그녀가 즐겨 사용한 표현대로 "목소리 없이 외치기"다. 「글」에는 뒤라스 특유의 소설 세계를 이루는 내면의 고통, 응축된 정념, 당장이라도 폭발할 것 같은 광기가 거의 날것으로 드러나 있다. 문장의 호흡은 수시로 멈추고, 호흡이 멈추는 그동안에 문장이 돌연 어긋난다. 논리적으로 있어야 할 것이 생략될 때 그 생략은 조심스럽게 이루어지지 않고 거칠고 갑작스럽다. 한편 이미 말해진 것이 되풀이될 때는 결코 같은 방향으로 향하지 않고 매번 다른 곳으로 향한다. 뒤라스가 말한 대로 "문법이 필요 없는 짧은 글, 단어들만으로 된 글. 받쳐 줄 문법이 없는 말들. 길 잃은 말들. 쓰여 있는 말들. 그리고 곧 버려지는 말들"이다. 독자는 완성되어 앞에 놓인 글을 읽는 것이 아니라 쓰이는 중인 글에 귀를 기울이게 되며, 그렇게 살아 있는 글의 물질성을 몸으로 느끼게 된다.

윤진

옮긴이
윤진

아주대학교와 서울대학교 대학원에서 프랑스 문학을 공부했으며, 프랑스 파리 3대학에서 박사 학위를 받았다. 옮긴 책으로 『자서전의 규약』, 『문학 생산의 이론을 위하여』, 『사탄의 태양 아래』, 『위험한 관계』, 『페르디두르케』, 『벨아미』, 『목로주점』, 『알렉시·은총의 일격』, 『주군의 여인』 등이 있다. 출판 기획·번역 네트워크 '사이에' 위원으로 활동 중이다.

마르그리트
뒤라스의 글

1판 1쇄 펴냄 2018년 12월 28일
1판 5쇄 펴냄 2023년 2월 28일

지은이 마르그리트 뒤라스
옮긴이 윤진
발행인 박근섭, 박상준
펴낸곳 (주)민음사

출판등록 1966. 5. 19. 제16-490호
서울시 강남구 도산대로 1길 62(신사동)
강남출판문화센터 5층 06027
대표전화 02-515-2000 팩시밀리 02-515-2007
www.minumsa.com

ISBN 978 89 374 2948 4 04800
ISBN 978 89 374 2900 2 (세트)

쏜살 차나 한 잔 김승옥

검은 고양이 에드거 앨런 포 | 전승희 옮김

두 친구 기 드 모파상 | 이봉지 옮김

순박한 마음 귀스타브 플로베르 | 유호식 옮김

남자는 쇼핑을 좋아해 무라카미 류 | 권남희 옮김

프라하로 여행하는 모차르트 에두아르트 뫼리케 | 박광자 옮김

페터 카멘친트 헤르만 헤세 | 원당희 옮김

권태 이상 | 권영민 책임 편집

반도덕주의자 앙드레 지드 | 동성식 옮김

법 앞에서 프란츠 카프카 | 전영애 옮김

이것은 시를 위한 강의가 아니다 E. E. 커밍스 | 김유곤 옮김

엄마는 페미니스트 치마만다 응고지 아디치에 | 황가한 옮김

걸어도 걸어도 고레에다 히로카즈 | 박명진 옮김

태풍이 지나가고 고레에다 히로카즈 · 사노 아키라 | 박명진 옮김

조르바를 위하여 김욱동

달빛 속을 걷다 헨리 데이비드 소로 | 조애리 옮김

죽음을 이기는 독서 클라이브 제임스 | 김민수 옮김

꾸밈없는 인생의 그림 페터 알텐베르크 | 이미선 옮김

회색 노트 로제 마르탱 뒤 가르 | 정지영 옮김

참깨와 백합 그리고 독서에 관하여 존 러스킨 · 마르셀 프루스트 | 유정화 · 이봉지 옮김

순례자 매 글렌웨이 웨스콧 | 정지현 옮김

마르그리트 뒤라스의 글 마르그리트 뒤라스 | 윤진 옮김

너는 갔어야 했다 다니엘 켈만 | 임정희 옮김

무용수와 몸 알프레트 되블린 | 신동화 옮김

호주머니 속의 축제 어니스트 헤밍웨이 | 안정효 옮김

밤을 열다 폴 모랑 | 임명주 옮김

밤을 닫다 폴 모랑 | 문경자 옮김

책 대 담배 조지 오웰 | 강문순 옮김

세 여인 로베르트 무질 | 강명구 옮김

시민 불복종 헨리 데이비드 소로 | 조애리 옮김

헛간, 불태우다 윌리엄 포크너 | 김욱동 옮김

현대 생활의 발견 오노레 드 발자크 | 고봉만 · 박아르마 옮김

나의 20세기 저녁과 작은 전환점들 가즈오 이시구로 | 김남주 옮김

장식과 범죄 아돌프 로스 | 이미선 옮김